Nei, der Straßenjunge

Buch I

Bernardo Schramm

Nei, der Straßenjunge
Teil I
Bernardo Schramm

Books on Demand GmbH • Gutenbergring 53 • 22848 Norderstedt
ISBN 978-3-8370-3980-1

ARRAIAL DO SAPO 1968

Wann er – Nei - auf diese Welt gekommen war, niemand konnte die Frage so genau beantworten. Auch die leiblichen Eltern nicht, denn sie waren erklärte Gegner hochprozentigen Alkohols, daher ihr Spitzname *casal 51*, also das Paar 51 - die Nummer 51 steht für eine im ganzen Land bekannte Marke eines hochprozentigen Zuckerrohrschnapses.

Zu dumm war nur, dass sich dieses Ehepaar mit seinen doch zahlreichen und noch minderjährigen Kindern in dieser Region niedergelassen hatte, in der nur Zuckerrohr angepflanzt wurde, aus dem dann in großen Destillerien in der näheren Umgebung Cachaça - ein dem Rum ähnliches Getränk - gebrannt wurde. Der ständige Kampf um die Vernichtung dieses Feuerwassers hatte ihre Sinne so stark vernebelt, dass sie den Überblick über ihr eigenes Leben als auch über das ihrer Kinder verloren hatten.

So war es die bei weitem überforderte Oma – eine von der Härte des Lebens aufgezehrte, alte Frau -, die an Elternstatt einspringen musste und mehr schlecht als recht dafür sorgte, dass die andauernd vor Hunger wimmernden Bälger - mit von bei mitleidigen Nachbarn erbetteltes Etwas - den Hunger stillen konnten.

Da die meisten der Bewohner des kleinen Dorfes mit dem geringschätzigen Name Arraial do Sapo ebenso arm waren, gab es oft nicht mehr als einen Kanten trocken Brot zum kauen. Die schon älteren Kinder schlugen sich, vom ständig knurrenden Magen getrieben, als Selbstversorger durchs Leben.

Da kamen die am Steg - der über den kleinen Bach führte, der seinerseits das Dorf teilte - aufgestellten Ölfässer gerade recht, denn sie waren zu Mülltonnen umfunktioniert worden, in denen sich das ganze Dorf seines Unrates entledigte. Für die Armen der Ärmsten waren diese Mülltonnen aber immerhin noch Fundgrube so viel Brauch- und Essbarem: außer Hühner- und Hundekacke, nach Kotze stinkende schwarze Bohnen, die - von weissem Schaum überzogen - Blasen warfen, faules Obst und saurem Reis, der in der Hitze gärte, mit grünem Schimmel überzogenes Brot bis hin zu irgendwelchen sauber abgenagten Knochen, die mit etwas Brunnenwasser aufgekocht immer noch ein - wenn auch mageres - Süppchen ergaben.

Der Hunger trieb alles hinein, wenn es dann gar zu eklig schien, wurde die Nase zugehalten und weggeschaut. Der Rest war nur noch eine Frage des Hungers und der Überwindung zum Schlucken.

In der Zeit jedoch, in der die Obstbäume unten am Fluß reife Früchte trugen und von ihren Besitzern noch nicht abgeerntet waren, da gab es Jabuticaba, Mamão, Tanjarinen, Manga, Laranja, Bananen in Hülle und Fülle - und wenn dann eines der Kinder beim Stehlen erwischt wurde, eine gewaltige Tracht Prügel obendrein.

Aber was nimmt ein hungernder Mensch nicht alles in Kauf, wenn er plötzlich im Paradies steht und von der Versuchung übermannt wird. Ja, auch Adam und Eva sollen bekanntlich der Versuchung im Garten Eden erlegen sein. Für einen Hungernden war dann diese Gegend hier am Fluß mehr als ein Paradies.

6

Doch mancher Grundbesitzer hatte für solche Geschichten keinerlei Verständnis und griff dann auch mal zur Schußwaffe, um sein Eigentum zu verteidigen. Dass jemand wegen gestohlenem Obst gleich zur Flinte griff, war zwar seltener der Fall, aber es kam schon vor. Dann gab es ein kurzes Aufschreien und Gezetere, aber bald schon beruhigten sich die aufgebrachten Gemüter mit der Vorstellung: *Naja, das arme Kind ist ja jetzt im Himmel und wird es dort auf alle Fälle besser haben.*

Nun, in diesem kleinen in ländlicher Umgebung liegenden Ort stand die Behausung der Familie: eine aus rohen Kistenbrettern zusammengenagelte, fensterlose, mit Palmblättern abgedeckte Bude, die nur von einer schmalen Erdstraße getrennt am Ufer des Baches stand und in der Regenzeit Gefahr lief, überschwemmt zu werden, was bis jetzt – Gott sei es gedankt – in all den Jahren noch nicht geschehen war.

Alle fünf Straßen des Ortes - auch die Hauptstraße – waren mit dem Bulldozer geschobene Erdstraßen, die sich zwischen den meist aus Brettern hergestellten, mit Wellblech abgedeckten Häusern dahinzogen und auf denen sich außer den menschlichen Bewohnern Muttersauen mit ihren Ferkeln, Hühner, Katzen, Ratten und auch streunende Hunde den Platz im friedlichen Nebeneinander teilten. Manches Mal gar verirrte sich eine Schlange aus dem nahen Waldgebiet auf die im Sommer staubigen und im tropischen Winter vom Regen aufgeweichten Schlammpisten. Mit viel Gebrüll der ihr hinterherhetzenden Kinderschar und begleitet von dem Gebell der Hunde aus Nah und Fern wurde sie mit Steinen und Knüppeln erlegt und landete später im Kochtopf. Bei giftigen Schlangen wurde der trennende Schnitt etwa handbreit hinter dem Kopf angesetzt, dann die Haut wie beim Aal von oben nach unten zum Schwanz hin abgezogen; mit Zwiebeln, Paprika und Tomatenwürfeln ein Ensopado hergestellt, mit Knoblauch und Coentro abgeschmeckt. Ein Gedicht! Wenn sie groß genug war, dann bekamen auch die an der Hatz Beteiligten etwas davon ab.

So war jeder auf der Suche nach einem Opfer, das ihm - dem Stärkeren -das Überleben sicherte, bis dann ein noch stärkerer, ein noch hungrigerer des Weges daherkam. Und Hungrige, da konnte man sicher sein, gab es zur Genüge in dieser Gegend.

Dort in der kleinen, mit Palmblättern abgedeckten Hütte stand als einziges Möbelstück ein ebenfalls aus einfachen Kistenbrettern zusammengenageltes Bettgestell und darauf lag eine Matte aus Schilfrohr. Es war die harte Ruhestatt für die erwachsenen Bewohner des Hauses und zugleich der beiden kleinsten Kinder der Familie. Auf dem Erdboden an der hinteren Wand - der Tür gegenüber - lag eine weitere, tagsüber jedoch zusammengerollte Schilfmatte, auf der des Nachts die größeren Kinder schliefen.

Vor dem Eingang der Behausung lagen ein paar Felssteine aus dem Steinbruch, der sich hinter dem Dorf den Berg hinaufzog. Die Steine dienten den Bewohnern der Bretterbude als Feuerstelle, auf denen jetzt eine vom Ruß schwarz gefärbte leere Konservendose stand, in der die Oma die mit Wasser verdünnte und - wenn vorhanden - mit Weizenmehl oder Mandiokmehl abgedickte Kuh- oder Ziegenmilch für die Kleinsten aufkochte; vorausgesetzt, sie konnte welche bei den Nachbarn ergattern.

Ja, die alte Oma: sie war der Strohhalm im Leben dieser Kinder, die sich an sie klammerten, so wie sich ein Ertrinkender an den ihm zugeworfenen Rettungsring klammert. Sie hatte schon viele, viele Jahre auf dem Buckel, der von all der Last und harten Arbeit im Zuckerfeld wie ein gespannter Bogen so krumm war, denn schon von Kindesbeinen an war sie jedes Jahr für die Zeit des Zuckerrohrschneidens ins Feld gegangen. Während den Wochen und Monaten der Zuckerrohrernte wurde das am nächsten Tag zu erntende Feld abgefackelt, dadurch erhöhten sich die Erträge an Zuckermelasse. Das ist wie beim Speiseöl, warmgepresste Körner oder Nüsse sind eben ergiebiger. Der Himmel färbte sich Nacht für Nacht in dieser Zeit blutrot und kündete den Tagelöhnern an, wo ihr Einsatzort des kommenden Tages lag. Schon in aller Frühe, als sich die ersten Sonnenstrahlen am fernen Horizont zeigten, war Arbeitsbeginn; und mit dem Facão schlug sie das vom Ruß schwarze Rohr, den ganzen Tag in sengender Hitze bis spät in den Abend hinein. Mit von den scharfen Blättern zerschnittener und zerkratzter Haut, mit Schwielen an den knochigen, abgeschafften Händen, schmerzendem Rücken: so war sie dann – nachdem sie ihre Familie versorgt hatte – erschöpft eingeschlafen, um am nächsten frühen Morgen wieder hinauszuziehen mit all den anderen Nachbarn und Erntearbeitern aus Nah und Fern.

Ja, so dachte sie manches mal mit Wehmut an die alte, längst vergangene Zeit: damals, ja damals fand ein einfacher, ungebildeter Mensch wie sie noch Arbeit und die Möglichkeit, etwas Geld zu verdienen; heute hatten Maschinen den Menschen ersetzt und die Alten und Ungebildeten hatten keinerlei Wert mehr. Ohne Arbeit kein

Geld, ohne Geld kein Leben. So einfach war das. Hart, aber wahr!

Und so konnte sie den Enkelkindern doch so wenig Nützliches tun, hatte obendrein im Laufe der Jahre ihr Sehvermögen eingebüßt, war so gut wie blind und ihr Sohn - der Vater der Kinder - und dessen Frau, die soffen nur noch und kümmerten sich um nichts mehr. Sie hatten eben die Perspektive verloren, hatten sich und ihre Kinder aufgegeben; waren dem Teufel und der Versuchung verfallen. Hatten im Schnaps Trost gefunden.

Sie aber - die alte, blinde Frau - war nach all den Jahren so unsagbar müde geworden und es schien, als ob sie sich der Kinder wegen geweigert hatte, früher zu sterben. Aber wenn die Zeit gekommen ist, dann hilft alles nichts; ob man gehen will oder nicht, man muß sich seinem Schicksal fügen.

Eines Morgens war es dann auch so weit. Sie hatte sich ihrem Schicksal letztendlich ergeben müssen und lag nun kalt auf der Strohmatte, das Licht und die Wärme des Lebens war verlöscht und aus ihrem still daliegenden Körper war all ihre gewohnte Liebe und Güte entflohen. An die Stelle der Herzenswärme war eisige Kälte getreten.

Neben ihr auf dem Bettgestell lagen die zwei jüngsten Kinder, ein etwa fünf bis sechs Monate alter Junge und ein nicht ganz zweijähriges Mädchen. Der Junge - nur in einen Tuchfetzen gehüllt, abgemagert bis auf das Skelett - stank bis zum Himmel, da sich sein kleiner Magen in der vorangegangenen Nacht bis auf den letzten Tropfen entleert hatte. Er lag ganz apathisch da, bewegte sich nicht, sondern starrte mit großen, glanzlosen Augen - die für seine Kopfgröße gewaltig erschienen - an die dunkle Palmdecke über sich. Man konnte denken, auch er sei gestorben - so bewegungslos, wie er dalag, nicht einmal ein leises Wimmern war aus seinem Munde zu hören.

Dafür aber machte seine nebenan liegende ältere Schwester einen recht lebendigeren Eindruck. Von der ungewohnten Kälte des toten Körpers der geliebten Oma oder von dem ekligen Gestank des dünnen, über die gesamte Strohmatte verteilten Mageninhaltes des kleinen Bruders aufgeschreckt riß sie den Mund soweit auf, als sie konnte und machte mit lautem Geschrei auf ihre missliche Situation aufmerksam. Als ihr kleiner Kopf vor Anstrengung so rot wie eine Tomate angelaufen war, wachten endlich die größeren Geschwister auf, die da auf dem hartgetrampelten Erdboden lagen. Sie starrten mit verwundertem Blick - sich den Schlaf aus den Augen reibend - zur Oma hin, die ganz gegen ihre Gewohnheit hin liegen blieb und sich durch das Gebrüll der kleinen Enkelin nicht weiter stören ließ. *Vovó!*, aber der zögernde, ängstlich klingende Hilferuf blieb von der Oma unerhört.

Verärgert über die morgendliche Ruhestörung machte sich der dicke Nachbar Luft, indem er ein lautes *cala boca, filha da puta!* ausstieß, was soviel wie *Halts Maul, du Tochter einer Hure!* bedeutete, jedoch nicht das geringste über den wahren Charakter oder gar die Moral der Mutter aussagte. Es war eben nur eine Redensart, eine recht derbe Redensart.

Als das Geschrei jedoch einfach kein Ende nehmen wollte, die blauen Adern in dem immer roter werdenden Gesicht zum Platzen anschwollen und sie sich mit aller Kraft aus ihrer misslichen Lage zu befreien suchte, kam ihr jetzt die ältere Schwester - von den bösen Worten des Nachbarn verängstigt - zu Hilfe.

Man konnte all den Kindern in diesem Hause ansehen, dass hier Schmalhans der ständige Küchenchef war und die Körperhygiene überdies auch zu kurz kam. Die grossen als auch die kleinen Kinder waren halb nackt, trugen die gleichen Kleider bei Tag als auch bei Nacht, hatten schmutzige Füße und die Kopfhaare voller Läuse, was man leicht an den vielen kleinen weißen Kügelchen – besonders im Genickbereich - erkennen konnte.

Ihre immer noch plärrende Schwester – vom Gestank angewidert - weit von sich gestreckt hoch haltend stand das große Mädchen, immer noch Hilfe suchend auf die tote Oma schauend, ein leises flehendes *Vovó!* hervorstossend. So stand sie mitten in dem Raum, unbeholfen beschwichtigend auf ihre Schwester einredend; hoffnungslos überfordert, als die Nachbarin - verärgert über den morgendlichen Lärm und mehr noch über die respektlosen Worte ihres Mannes - herüberkam und den Kopf fragend durch den türlosen Eingang steckte. Am Boden gegenüber dem Eingang saßen die anderen drei Kinder und schauten verwundert, der ungewohnten Ruhestörung, aber auch der Passivität der Oma wegen, dem zwecklosen Tun der großen Schwester zu. Dabei kratzten sie sich die juckenden Läuse in ihren Haaren. Sie, die gute alte Oma, hatte sich sonst immer und sofort um ihre Enkel gekümmert. Jetzt aber lag sie da und unternahm nichts. Wie hätten die Kinder das auch verstehen sollen, dass die Oma tot – mausetot - war.

Die Nachbarin sah jedoch sofort, was sich hier in der letzten Nacht ereignet hatte; und ohne sich vom Fleck zu rühren, rief sie mit verhaltener Stimme über die Schulter ihrem Mann zu: *Leleco, vem ca!* Ihr Mann konnte sie bis zur Verzweiflung bringen und dabei manches Mal sturer wie ein Esel sein, so auch jetzt. Daher rief sie ihm noch einmal ungeduldig zu, herüberzukommen, was dieser dann unwillig ohne große Eile tat. *Porra, oque e mulher?,* fragte dieser, als er neben ihr stand, mit mürrischer Stimme; und es störte ihn nicht im Geringsten, dass die Kinder seine recht unflätigen Ausdrücke hörten. *O Leleco!,* ihre Stimme klang genervt und dann doch, so als wolle sie ihren Mann bitten, ein wenig auf seine Wortwahl zu achten.

Nun kamen auch andere Nachbarn aus den umliegenden Hütten hinzu, neugierig geworden steckten sie ihre Köpfe durch die Türöffnung und versuchten einen Blick in die ausschließlich durch das spärliche Tageslicht erhellte Behausung zu werfen. Sie kamen aber alle nur, um ihre Neugierde zu befriedigen; niemand tat auch nur das Geringste, um die Situation, in der sich die Kinder befanden, zu entschärfen. Erst als Senhor Joel, von einem von ihnen gerufen, zur Hütte geeilt kam und – ganz, wie es seine Art war – großtuerisch die Lösung des Geschehenen in Angriff nahm, atmeten alle erleichtert auf. Es war ihnen anzusehen, dass sie ihm vertrauten. Er wird es schon machen, da waren sie sich sicher.

Dieser Senhor Joel war ein mittelgroßer, breitschultriger, von Wind und Wetter gebräunter Typ, der früher zur Guarda Municipal, dann zur Policia Militar gehörte und schließlich unehrenhaft aus der Korporation entlassen worden war. Warum dies geschehen war? Nun, da gab es viel Getuschel unter den Leuten. Man sagte diesem Manne nach, er hätte damals mit seinen Kollegen einen Werttransport, zu dessen Schutz er abgestellt war, überfallen, den Fahrer und Beifahrer ermordet, die Leichen verbrannt als auch einen späteren Zeugen ermordet zu haben. Angeblich konnte man ihm nichts beweisen. Aber unehrenhaft entlassen hatte man ihn letztendlich doch.

Seit Jahren nun lebte dieser Senhor Joel hier im Arraial do Sapo, als einer der ersten hatte er sich mit seiner Frau gleich nach der Entlassung aus dem Polizeidienst in diesem kleinen Tal - umrahmt von waldbestandenen Hügeln und Zuckerrohrplantagen - ein Wohnhaus aus gebranntem Ziegelstein gebaut. Später kam dann – als sich die Einwohnerzahl gewinnversprechend erhöhte - auf der gegenüberliegenden Straßenseite ein Minimercado, so etwas Ähnliches wie ein kleiner Selbstbedienungsladen, hinzu und kurz darauf öffnete er eine Piroschca: eine Art Stehkneipe. Diese wurde besonders von Kollegen der Policia Militar, aber auch von vielen Fremden besucht.

Letztere kamen mit Autos, Motorrädern und der eine oder andere auch mit dem Fahrrad aus nah und fern hierher.

Was die einen brachten, holten sich die anderen. Sie – die Käufer - hatten es dann immer recht eilig, aus diesem elenden Kaff herauszukommen, wenn sie ihre eben erstandene Ware in der Hand hielten, was den Einheimischen im Laufe der Zeit dann doch trotz aller Geheimnistuerei aufgefallen war.

Auch die Fahrzeuge - darunter waren recht luxuriöse Karossen, die sich in diese arme Gegend verirrten – erregten natürlich Aufsehen, denn man sagte gemeinhin: über dem Arraial do Sapo würde sich gar der Urubu - der Aasgeier Brasiliens - umdrehen und auf dem Rücken darüber hinweg fliegen, um ja das Elend unter sich nicht sehen zu müssen. Und das nun stand im krassen Gegenstück zueinander. Was wollten solch feine Pinkel in einem Loch wie dem ihren? Würde jemand auf die Idee kommen, das Arschloch der Welt zu suchen, so müsse er es hier finden, meinten die Einheimischen amüsiert.

So war es offensichtlich, dass Senhor Joel mit irgendeinem illegalem Geschäft seine Haupteinnahmen tätigte. Da war der Ponto do Bicho - ein im ganzen Land verbotenes Glücksspiel, das Senhor Joel ebenfalls betrieb - nur reine Nebensache. Es war, als würden es die Schwalben von den Dächern singen beziehungsweise pfeifen, dass es sich bei seinem Hauptgeschäft nur um Drogen handeln konnte.

Seit so viele Fremde hierher kamen, hatte Senhor Joel auch das Baumaterial für den kleinen Steg bezahlt; die Ölfässer, die jetzt als Mülltonnen dienten, waren von ihm bezahlt worden. Der Bau einer Wasserleitung war in der Planung, ebenfalls der Bau eines kleinen Kindergartens. Bei soviel sozialem Engagement fragt man nicht nach der Herkunft der Mittel.

Jedoch wussten alle der Bewohner, dass Senhor Joel sein Geld nicht aus reiner Menschenliebe in diese sozialen Projekte steckte. Hiermit übernahm er die Verpflichtung des Staates, der seine Bürger im Stich gelassen und so kläglich versagt hatte.

Es war typisch für die Haltung der Obrigkeit, die die Gesetze machte, deren Einhaltung forderte, die Nichteinhaltung bestrafte; dann aber der Justizminister in aller Öffentlichkeit aussagt, dass er sich auch am verbotenen Jogo do Bicho beteilige, es jedoch auf der anderen Seite mit aller Härte strafrechtlich verfolge.

Viele Schulen, Kindergärten, Krankenstationen und andere Einrichtungen, die dem Volke zugute kommen und heute existieren, wurden leider nicht von denen geplant, gebaut oder finanziert, die sich hierfür zur Wahl gestellt hatten und vom Volk als dessen Vertreter gewählt und reichlich bezahlt worden waren; sondern im Gegenteil von denen auf der sogenannten anderen Seite des Rechts Stehenden, den Kriminellen also.

Es ist kaum zu glauben, dass es unbeabsichtigt - also purer Zufall - ist, wenn die Verantwortlichen den Bürger zum Sklaven des organisierten Verbrechens machen. Tausende und Abertausende werden so zu Mitläufern von skrupellosen Verbrechern gemacht mit dem Unterschied, dass die einen hierbei viel Geld verdienen und geachtet sind; ja, oft gar ihrer so genannten Verdienste wegen geehrt werden. Die Anderen aber - die, die Drecksarbeit machen, ihre Familien vor dem Hunger retten; diese armen Schweine, die keine andere, keine legale Arbeit finden, weil die Politik und der Staat versagt hatte, ihnen keine entsprechende Schul- und Berufsausbildung zukommen ließ und sie notgedrungen im dunklen gesetzlosen Raum um ihr Überleben kämpfen: das sind die Verbrecher, gegen die letztendlich mit aller Härte vorgegangen wird. Da, ja da gab es keine Ehrungen, keine Medaillen.

Senhor Joel wusste genau, was es bedeutete, den hier lebenden, von der fehlenden Präsenz der Staatsgewalt enttäuschten und verbitterten Menschen in den schweren Stunden unter die Arme zu greifen, denn sein Ansehen und seine Macht stieg damit von Mal zu Mal. Er war hier in diesem Ort, der mit keiner der vielen großen Favelas der Stadt Rio de Janeiros zu vergleichen war, jedoch auf dem besten Weg war, eine solche zu werden, der absolute Herr. Er hatte eine längere Schulausbildung genossen, als einziger hier. Diese Überlegenheit und das Wissen nutzte er dann auch, wenn ihn seine des Lesens und Schreibens unkundigen Mitbewohner in privaten als auch in amtlichen Dingen zu Rate zogen. Somit war er immer gut informiert, in manchen Angelegenheiten sogar besser als der Pastor, dem die Gläubigen im Beichtstuhl auch jede Menge an Neuigkeiten erzählten. Er war hier der mächtige Chef, der reichste und angesehenste Bürger. Unter den Blinden war er ein einäugig Blinder, war aber ein König. Nur der Mann Gottes stand über ihm.

Als er nun - sich der Wichtigkeit seines Auftrittes bewusst - zwischen die bereits ansehnliche Menschenmenge trat, man ihm bereitwillig Platz machte, ließ er den Rosenkranz, den er in der Hand hielt, durch die klobigen, jetzt leicht zittrigen Finger gleiten. Beim Eintritt in die Bretterbude schlug er ehrfürchtig das Kreuz, murmelte ein leises Ave Maria als Stoßgebet vor sich hin; blieb dann einen Augenblick am Eingang stehen, um seine Augen an die Dunkelheit, die in der Hütte herrschte, zu gewöhnen. Er machte sich mit für einen ehemaligen Polizeibeamten gewohntem schnellen Blick einen umfassenden Eindruck der Lage und mit seiner rauen festen Stimme - die gewohnt war, Kommandos zu geben - befahl er *Levem as griancas para fora!* Die eben noch rat- und tatlos herumstehenden Nachbarn kamen seiner Anweisung ohne zu Murren nach und im Nu waren bis auf den Jüngsten alle Kinder aus dem Hause gebracht.

Zu Leleco gewandt sagte er, dieser solle den Pastor rufen, was Leleco jetzt ohne den geringsten Muckser sofort ausführte. Wie ein Lämmchen folgte er der Anordnung. Es war eben etwas anderes, wenn man eine Anweisung von einem Mann bekommt; besonders, wenn die Stimme markig und militärisch kurz klingt. Wie alle richtigen Machos ließ sich auch Leleco nicht gerne von Frauen herumkommandieren, weniger noch von der Eigenen.

Mittlerweile waren alle Kinder aus dem Hause gebracht, nur das Jüngste - der kleine Bub, dem das halbe Ohr fehlte und der immer noch still dalag, als sei er und nicht die alte Frau neben ihm tot - wurde von niemandem beachtet.

Senhor Joel ließ seinen Rosenkranz wie mechanisch durch die Finger gleiten - immer ungeduldiger werdend, als er auf den Pastor wartete, der seinerseits alle Zeit der Welt zu haben schien, damit er – Joel -, sich wieder um seine Kundschaft kümmern konnte, die jetzt auf ihn warten mußte. Solch ein Zwischenfall konnte ihm den einen oder anderen Kunden vergraulen. Jedoch hatte er den Menschen gegenüber, die hier auf engstem Raum mit ihm lebten und seine gewinnbringendeTätigkeit nicht störten, eine Verpflichtung, auch wenn sie manches Mal recht ungelegen kam. Zudem fühlte sich Senhor Joel gemeinsam mit der Toten hier nicht gerade wohl. Natürlich hatte er schon viele Tote in seinem Leben gesehen - ein Toter mehr, ein Toter weniger, was machte das schon aus? Aber es war eben etwas anderes, wenn man auf den Kadaver eines Normalsterblichen oder eines elenden Hurensohnes traf, den man dann auch noch selbst mit einer ganzen Magazinladung ins Jenseits befördert hatte. Er hatte wie jedermann, der an Übersinnliches glaubte, großen Respekt, ja wenn nicht gar große Angst vor dem Tod. Dieses verhaltene Gemurmel der Menschen da draußen; dann die Gedanken an den Pastor, der einfach nicht kam; diese Stille im Raum, der fast unerträgliche Mief und Gestank; die vielen Fliegen, die von überall herkamen, als wollten sie nun Abschied von der alten Frau nehmen: das alles ging ihm jetzt auf die Nerven und insgeheim bedauerte er, hergekommen zu sein.

Nach einer fast endlos scheinenden Zeit kam dann der trotz der frühen Morgenstunde schweißgebadete, schwer schnaufende Mann Gottes endlich doch noch aus der Igreja Nossa Senhora herübergefahren. Respektvoll verbeugten sich die Anwesenden und die ganz Eifrigen drängten sich gar vor, schlugen das Kreuz und küssten unterwürfig den immensen Goldring an der Hand des in einer schwarzen Kutte gehüllten kleinen fettleibigen Mannes, ihn um den Segen des Allmächtigen bittend. Musste das denn ausgerechnet jetzt sein? Senhor Joel wurde langsam ungeduldig und schüttelte verständnislos und verärgert den Kopf über diese Pharisäer und diesen elenden Pfaffen. Die Tote konnte warten, die lief nun ja ohnehin nicht mehr davon.

Der Pastor aber hatte die Ruhe weg und ließ alles mit großer Genugtuung ohne die geringste Eile über sich ergehen, besonders die demütige Verneigung Senhor Joel`s als weltliches Oberhaupt dieser kleinen Gemeinschaft. Das war für den Mann Gottes ein Beweis der absoluten Stellung seiner Kirche. Aus den Augenwinkeln erkannte der Geistliche die Gereiztheit von diesem – Gott vergebe – Hurensohn Joel, der es offensichtlich eilig hatte, zu seinen kriminellen Geschäften zurückzukehren.

Senhor Joel galt gemeinhin als ein großer Gönner und Freund der Kirche und diese nahm die Gelder ohne Gewissensbisse an, auch wenn bekannt war, dass an diesem Blut und Elend klebte. So war auf der anderen Seite durch seine Hilfe der Glockenturm repariert worden, auch hatte er die Reparatur für die alte Kirchenorgel übernommen, zu der eigens ein Orgelbauer aus Italien angereist war und dessen Rechnung nicht gerade billig ausgefallen war. Auch hatte sich Senhor Joel mit seinem illegal erworbenem Geld am Kauf des neuen Autos für Herrn Hochwürden beteiligt und bei diesem handelte es sich nicht um einen einfachen Untersatz wie einem Fusca von VW oder einem Rural von Willys - nein, es war ein Ford Landau, eine Luxuslimousine, die für diese Gegend obendrein recht unpraktisch war. Während sich Gottes Sohn am Anfang unserer Zeitrechnung noch mit einem Esel zufrieden gab, die Menschen damals durch sein Wort und durch die Tat überzeugte, da mußte es heute eben eine Aufsehen erregende Karosse sein – ein imposanter Straßenkreuzer eben. Mit Worten war da heute nichts mehr zu machen und Taten: na, da machte wohl jeder mehr, um dem Teufel zu gefallen als Gott dem Herrn.

Nachdem der Kirchenmann das bei flackerndem Kerzenlicht gespenstig anmutende Sterberitual gemurmelt und der Alten den Weg ins Himmelreich geebnet hatte, wurde eine inzwischen aufgetriebene hohe zweirädrige Karre vor die Hüttentür geschoben, auf der die Leiche gelegt in Begleitung einiger kläffender Straßenköter mit Quietschen und Knarren als Trauermusik untermalt zum Friedhof gebracht, ihre letzte Ruhe fand.

Der Pastor, aber auch Senhor Joel hatten es jetzt recht eilig, nach Hause zu kommen; der eine mit seinem weißlackierten, rotsitzigem amerikanischen Straßenkreuzer; der andere mit schnellen Schritten zu Fuß, um seine hoffentlich noch wartende Kundschaft mit dem weißen Pulver oder dem getrockneten Gras zu versorgen, welches die harte, oft traurige Wirklichkeit vergessen ließ. Bald schon hatte sich die Aufregung des frühen Morgens gelegt, alle waren in ihre Häuser verschwunden und das Alltagsleben folgte in gewohnter Weise seinem Gang. Wenige nur im Ort hatten von dem Dahinscheiden der Großmutter vernommen.

Die Kinder von Casal 51 waren von den Nachbarn mitgenommen und bei ihnen untergebracht worden. Ihren wahren Familiennamen kannte keiner im Ort. Niemand konnte sich an deren ursprünglichen Namen erinnern, denn so lange man sie hier kannte, hingen die beiden Erwachsenen an der Flasche und waren so gut wie nie ansprechbar. Die Oma kannten alle als Dona Conçeição und das war´s dann auch. Bis zum Eintreffen der Eltern würden sich so die näheren Nachbarn um die Kinder kümmern, das war selbstverständlich, dann aber sollten es die beiden Suffköppe selbst tun. Bis die jedoch kamen, das konnte dauern. Man war es ja von ihnen nicht anders gewohnt.

Die kleine Hütte am Testo-Fluß - aus der jetzt scheinbar kein Lebenshauch mehr drang - warf ihre Schatten im heißen Sonnenlicht des Tages weit von sich, die dann von Stunde zu Stunde immer länger wurden, bis sie am Abend der schummrige Schein des Mondes verschlang. Nur das Quaken der Frösche aus dem nahen Sumpf und das gewaltige Konzert der Grillen in den frühen Abendstunden war noch zu hören. Sie hatten das schrille Pfeifen der Cigarra als auch den melodisch–lieblichen Gesang des *Bem te vi* schon längst abgelöst.

Ganz alleine, von allen Menschen auf dieser Welt vergessen, lag der kleine Junge - dem schon irgendwann Nachts im Schlaf eine hungrige Ratte das halbe Ohr abgeknappert hatte - immer noch wie leblos in seinem Dreck in der dunklen Bude; zu schwach, um auf seine missliche Lage aufmerksam zu machen, so ausgehungert war er.

Als hätte die Mutter in einem unwahrscheinlich lichten Moment den stummen Hilferuf ihres Jüngsten vernommen, kam sie spät in der Nacht alleine mit lautem Geschrei und Gelalle sturzbetrunken nach Hause. Ob sie den verärgerten Zuruf einer Nachbarin vernommen hatte, die sich in ihrer Nachtruhe gestört fühlte, war wohl nicht anzunehmen; denn sie schimpfte weiter auf Gott und die Welt, bis sie nach einem heftigen Rülpser und zugleich tiefem Aufseufzer auf das Bettgestell niederfiel und erschöpft knurrend einschlief. Die total besoffene Frau hatte nicht einmal vage zur Kenntnis genommen, dass ihr Zuhause leer war; dabei war sie wohl auch noch über das kleine, feuchte, zum Himmel stinkende Bündel gefallen und laut schnarchend eingeschlafen.

Ob die völlig betrunkene Frau gleich kurz nach Ankunft oder aber viel später am Morgen aus dem Schlaf erwachte und glaubte, ihr Sohn sei verstorben, ihn so nahm, wie er war, durch die Nacht wankte zu den Fässern hin und das kleine verschissene Bündel in eines dieser warf: niemand weiß das genau zu sagen. Sie hatte ihren totgeglaubten Sohn entsorgt, so wie eine normale Hausfrau mal eben ihren Hausmüll entsorgt. Es kam des öfteren vor, dass Menschen hier im Land ihre verstorbenen Kleinkinder auf dem Müll entsorgten. Für eine Beerdigung war oft kein Geld vorhanden. Und dort auf der Müllhalde kümmerten sich die Urubus, die Ratten, aber auch streunende Haustiere um die Kadaver. Einfacher ging es wohl kaum. Höchstens zum Ärger derer, die an der Beseitigung der Toten ihren Reibach machten, denn denen entgingen somit große Einnahmen. Darauf wollte keiner von ihnen verzichten, wenn man schon mit den Lebenden nichts verdienen konnte, so wollte man es sich bei den Toten nicht nehmen lassen.

Viele Menschen sollten im Laufe der nächsten Jahre die Stunde verfluchen, in der ein etwa achtjähriges, kleines Mädchen von seiner Mutter mit dem Hausmüll an den Müllsammelplatz geschickt worden war. Heute war der Tag, an dem gewöhnlich der Lastwagen aus der Stadt kam, um den Abfall zu holen. Da der Lastwagen bei einem früheren Transport über dem alten Steg eingebrochen war und der Fahrer sich jetzt weigerte, über den Testo zu fahren, musste der Abfall von den Bewohnern aus dem hinteren Teil des Ortes eben hierher an den Steg gebracht werden.

Die kleine Maria Cristina - so hieß das Mädchen, das den Müll ihres Hauses entsorgen sollte – hörte, als sie an eines der hohen Metallfässer trat, ein kratzendes Geräusch; und neugierig geworden, wer das Geräusch wohl verursacht hatte, stellte sie sich auf die Zehenspitzen, hielt sich dabei am Rand des bestialisch stinkenden Fasses fest und warf einen Blick in das Innere. Sie - die Kleine - hatte eine Katze oder aber eine Ratte, aber nicht das erwartet, was ihre kleinen Augen jetzt zu sehen bekamen.

Zuerst glaubte Maria Cristina eine Puppe zu sehen – eine kleine, nackte Negerpuppe; doch dann erkannte sie, dass es sich bei der vermeintlichen Puppe um einen kleinen, schwarzen, abgemagerten Jungen handelte, der zwar mit einem braunen Tuch bekleidet war, auf den ersten Blick jedoch nackt schien. Er lag in einer für ihn sehr unbequemen Position auf dem Grund des fast leeren Fasses und als Maria Cristina sah, dass sich der Säugling leicht bewegte, versuchte sie ihn aus seiner misslichen Situation zu befreien. Doch ohne Erfolg, ihre Arme waren einfach zu kurz, um an das kleine Menschenbündel zu gelangen. Dann wollte sie das Faß umstürzen, doch hierfür fehlte ihr die Kraft, auch wenn sie es noch so angestrengt versuchte. Mit hilfesuchendem Blick schaute sie zu den Häusern hin, ob da nicht jemand wäre, den sie um Hilfe bitten konnte, aber da war um diese Zeit noch niemand zu sehen. Wer in der Stadt zu tun hatte, war schon mit dem frühen Bus im Morgengrauen eingezwängt wie in einer Sardinenbüchse auf und davon. Der Rest der Einwohner lag noch verschlafen in den Betten, wenn solche überhaupt vorhanden waren. Es wurde dem Mädchen klar, dass es ihr nicht alleine gelingen würde und dass der Lkw mit den Müllmännern auf dem Wege hierher war und zu jeder Zeit am Ort eintreffen konnte. Diese keineswegs feinfühligen, meist auch noch angetrunkenen Kerle würden den Jungen in den Lastwagen und dann später auf die Müllhalde werfen, ohne es gar zu bemerken.

Mit dieser Vorstellung im Kopf rannte die Kleine - den noch vollen Mülleimer, den sie hätte entleeren sollen, an der Mülltonne zurücklassend – nach Hause, um ihrer Mutter ganz aufgeregt von dem grausigen Fund zu berichten und diese um Hilfe zu bitten. Von den Mülltonnen bis zum Wohnhaus der Familie da Costa waren es gute 250 - 300 m, die Maria Cristina heute aber in Rekordzeit zurücklegte. Mit pochendem Herzen und atemlos berichtete sie aufgeregt nach Luft schnappend von ihrem grausigen Fund, den sie so eben gemacht hatte, und bat die Mutter - sie dabei ungeduldig am Ärmel ziehend -, ihr zu helfen, das Kind vor den gefühllosen Müllmännern zu retten. Dabei trat sie ungeduldig und nervös von einem Bein auf das andere.

Dona Mathilde - so hieß ihre Mutter - war gerade dabei, den Topf mit den schwarzen Bohnen auf das knisternde, eben angefachte Holzfeuer zu setzen, damit diese bis zu Mittagszeit gar waren. Schwarze Bohnen und Reis gehörten mit Maniokmehl zum täglichen Essen in dieser Region und durften auf keinem Tisch fehlen, auch wenn es stundenlang dauerte, bis die Bohnen weichgekocht waren. Die Frau beruhigte ihre kleine, mit fast weinerlicher Stimme ungeduldig flehende Tochter und versprach, mit ihr an den Müllplatz zu gehen, um dort nach dem Rechten zu sehen. Dann beeilte sie sich, ihrer Tochter zu folgen, die ihre Mutter an die Hand nahm und – vorausrennend - hinter sich herzog.

Als es beiden schon nach wenigen Minuten gelungen war, den Bub vor dem Eintreffen der comlurb – städtischen Müllabfuhr - aus seinem Gefängnis zu befreien und die Mutter ihn erleichtert in den Händen hielt, konnten sie noch nicht ahnen, welch traurige Stunden das Schicksal für sie noch reservierte.

Erst mal war er gerettet, der Junge, der von oben bis unten verschissen war und wie die Pest zum Himmel stank, am offenen Rücken blutig rot entzündet von einem ganzen Heer von Ameisen, Würmern und Fliegen in Besitz genommen worden war und auf dessen spärlichem Kopfhaar die Läuse um den besten Platz stritten, um darin ihre Eier abzulegen. Er bot einen grausamen Anblick. Obendrein fehlte ihm das halbe Ohr, wie Dona Mathilde jetzt mit Entsetzen feststellte. Es war unglaublich. Wie hatte man ein Kind in einen solchen Zustand verkommen lassen können?

Hätte die liebe, gute Frau auch nur das leiseste geahnt, was dieser Junge alles noch anstellen würde im Leben: sie hätte gewiß nicht gezögert und das Bündel dorthin zurückgelegt, wo sie es hergenommen hatte. Sie hätte damit vielen Menschen, ihrer eigenen Familie als auch diesem halbtoten Jungen unsagbares Leid als auch viele schwer vorstellbare Grausamkeiten erspart. Denn es war, als hätte sich der Teufel höchstpersönlich in den Körper des Jungen - der in seinem kurzen Leben hatte so viel ertragen müssen - geschlichen, um all die Lieblosigkeit, all die Unmenschlichkeit, die dieser bis jetzt hatte erfahren müssen, mit tausendfacher Härte und Brutalität zurückzuzahlen.

Den haben Sie doch nur aus dem Müll geholt, um ihn zu Grabe zu tragen, meinte Dr. Leonidas, nachdem er den kleinen, jetzt gereinigten, von Dona Mathilde am Rücken eingecremten und eingepuderten, in ärmlichen, aber frisch gewaschenen alten Kleidern gesteckten Bub begutachtet hatte. Sein Zustand war wesentlich schlimmer, als Dona Mathilde am Morgen noch hätte annehmen können.

Jeder hier in der Stadt, der Kinder hatte, kannte diesen Mann der Medizin. Seine Fähigkeiten als Kinderarzt waren weit über die Grenzen der Stadt hin bekannt und seine Diagnosen waren bisher unumstritten gewesen. Er hatte immer Recht behalten und so kam sein Endurteil – *Senhora, nehmen Sie ihn mit; es tut mir Leid, aber ich kann nichts mehr für ihn tun* - wie ein Schlag ins Gesicht und die Enttäuschung war so groß, dass man sie ihr in ihren trostlosen Augen ansehen konnte. Sie war eben eine Mutter mit Herz. Wie würde jedoch ihre kleine Tochter

Maria Cristina diese traurige Diagnose, die endgültig klang, aufnehmen?

Mitfühlend legte der Arzt seine Hand auf ihren Arm, als er sie aus seinem Sprechzimmer zur Türe hinführte und er ihr fast so, als wolle er sich bei ihr entschuldigen, sagte: *Ich bin eben nur Arzt für Lebende, aber für Tote ist ein anderer zuständig.* Dona Mathilde nahm sich vor, ihrer kleinen Tochter den Glauben nicht zu nehmen und die Diagnose des Arztes zu verschweigen. Denn wo ein fester Glaube ist, da findet sich auch ein Weg.

Bis zu diesem Tage hatte Dr. Leonidas immer recht behalten, nur hier in diesem Falle sollte er sich irren. Mit dem Starrsinn, dem immensen Willen eines kleinen Mädchens, der fürsorglichen Pflege einer armen, aber sozial denkenden Familie: damit hatte der Arzt nicht gerechnet.

Eine ganze Familie opferte Zeit und Liebe für einen von der Medizin aufgegebenen, schon für tot erklärten, über und über geschundenen Körper. In den ersten Tagen noch schien es so, als würde Dr. Leonidas auch bei dieser seiner Diagnose recht behalten, jedoch: mit jedem Rückschlag, den diese Leute erleiden mussten, wurde ihr Wille nur stärker und stärker. Besonders war die aufopfernde und fürsorgliche Pflege der kleinen Maria Cristina, die nicht von der Seite ihres selbsternannten Patienten wich. Alles, was er von ihr mit viel Geduld gefüttert bekam, erbrach er schon im nächsten Moment wieder. Zu schwach war er, sein kleiner Magen konnte und wollte nicht mit der lebensnotwendigen Nahrung fertig werden. Und das ging eine geraume Zeit Tag für Tag so. Manches Mal hatte die Kleine große Tränen in den Augen, wenn sie ihren Blondschopf zur Seite neigte, ihn lange und nachdenklich anschaute und ihn im Stillen anflehte zu kämpfen, sich doch für das Leben zu entscheiden. Es war, als ginge es um ihr eigenes Leben, Sein oder Nichtsein. Sie wollte es einfach nicht zulassen, dass dieses kleine menschliche Elend seinen letzten Atemzug in ihren Armen machen sollte.

Was für bewundernswerte Menschen waren das, die in diesem teils aus Stein, teils aus Kistenbrettern gebautem Haus wohnten. Hier lebten sie: der Vater - Senhor Ronaldo da Costa - mit seiner Frau Dona Mathilde, der Tochter Maria Cristina und den drei Söhnen Davi, Ze und Luis. Eine kleine, anständige, ehrliche Familie mit viel Herz.

Es war unbeschreiblich, mit welcher Zähigkeit das doch nur achtjährige, schlanke, für sein Alter eher klein gewachsene Mädchen mit den langen, dunkelblonden, zum Pferdeschwanz gebundenen Haaren an diese von ihr selbst gewählte Aufgabe heranging. Nicht nur tagsüber war sie in seiner Nähe; nein, auch nachts lag sie an seiner Seite und erwachte besorgt aus ihrem Schlaf, sobald sie nur ein leises Wimmern oder auch nur die kleinste Bewegung vernahm.

Nachdem sich der Junge dann nach Wochen erholte, langsam kräftiger wurde und Dr. Leonidas dem stolzen Mädchen für diesen, ihren unermüdlichen, Einsatz seine Hochachtung aussprach und jetzt von der Genesung des Findlings überzeugt war, saß die gesamte Familie noch am Abend des gleichen Tages draußen unter dem Jabuticababaum und beratschlagten, ob sie dem neuen Mitbewohner nicht doch einen Namen geben sollten. Jetzt - da man sich sicher fühlte, dass er über dem Berg war — konnte man getrost daran denken, vorher jedoch wollte es niemand von ihnen tun aus Angst, damit ein Unglück heraufzubeschwören. Nun aber war man sich sicher, dass er überleben würde. Dann, nach kurzem Hin und Her, war man sich einig. Nei, so sollte er heißen; zumindest so lange, wie er sich bei ihnen im Hause aufhielt. Das war der besondere Wunsch der ganzen Familie und das kleine, große Herz von Maria Cristina machte einen stillen, aber zugleich gewaltigen Freudensprung.

Da niemand im Dorf den Verlust des in der Mülltonne abgelegten Findlings in irgendeiner Art angezeigt oder sich über dessen Verbleib erkundigt hatte, nahm man im Hause da Costa an, Nei könne ja von nun an für immer bei ihnen bleiben.

Seine leibliche Mutter - die auf der anderen Seite des Flusses keine 200 m Luftlinie entfernt wohnte - war froh, ihn los geworden zu sein und rührte sich nicht, als nach den wahren Eltern des Findlings gesucht wurde. Womöglich hielt sie sich aus Angst zurück, weil sie glaubte, für ihr Tun gerichtlich zur Rechenschaft gezogen zu werden.

Ganz zur Freude der Kinder in der Familie de Costa natürlich, die in Nei einen neuen Spielkameraden und einen kleinen Bruder sahen. Betrachtete man die Dinge mit den Augen der Familie da Costa, so hatten sie ein Anrecht auf Nei erworben; denn als man - wer auch immer - den Jungen in die Tonne warf, hatte man ihn dem sicheren Tod überlassen; und wer ihn dann dem Sensenmann aus den Händen gerissen hatte, das waren sie - die da Costas - gewesen. So dachte auch die ganze Familie. Das Ehepaar da Costa beschloß daher, mit Hilfe Dr. Leonidas als Fürsprecher den Juiz dos Menores aufzusuchen, um einmal Nei`s Existenz anzumelden als auch dessen zukünftige eventuelle Adoption durch die Familie vorzubereiten. Der Jugendrichter - bestärkt durch die Aussage und Fürsprache des auch ihm gut bekannten Mediziners, der auf dem Gebiet der Pädiatrie Vorlesungen hielt und gar als Sachverständiger in Fällen von Kindesmisshandlungen oft von richterlicher Seite zu Rate gezogen wurde - war einer Adoption gegenüber nicht abgeneigt. Doch musste sich die ganze Familie noch etwas gedulden, damit eventuelle Besitzansprüche angemeldet werden konnten, bis dahin jedoch gab der Jugendrichter Nei in die Obhut der Familie da Costa. Von nun an lebte Nei wie ein Mitglied der Familie, so als wäre er hier als Sohn des Ehepaares geboren worden.

Wie alle Gebäude im Dorf war auch das Zuhause der Familie da Costa klein und geduckt, hatte einen Vorgarten zur Straße hin, in dem die Hausfrau mit viel Liebe ihren ganzen Stolz - die weißen, so herrlich duftenden Buschrosen - züchtete. Im Gartenbereich hinter dem Haus — da, wo der alte Brunnen unter dem Jabuticababaum stand - befand sich ein Gemüsegarten, ein aus Bambusstangen gebauter Hühnerstall - in dem ein sexlüsterner, stolzer Hahn fünf Hennen zum Besteigen sein eigen nennen durfte -, und daneben noch ein kleiner Schweinestall, in dem ein Ferkel zum Schlachten angefüttert wurde. Am hinteren Ende des Grundstückes hatte sich der Hausherr eine Art Gewächshaus für seine Orchideenzüchtung gebaut. Darin verbrachte er einen großen Teil seiner Freizeit und veredelte mit Stolz seine geliebten Pflanzen, mit denen er gar auf Ausstellungen präsent war. Daneben standen ein paar Bananenstauden, ein Orangenbaum und ein Tanjarinenbaum. All das wurde gehegt und gepflegt von dem Ehepaar und seinen Kindern.

Senhor Ronaldo war kein großer Freund von Müßiggang. Er fand und erfand immer etwas zu tun und so hatte er mit Hilfe von seiner Frau - Dona Mathilde - damals das Haus, in dem sie jetzt lebten, mit viel Schweiß und finanzieller Knappheit Stein für Stein selbst gebaut. Der aus gebrannten Ziegelsteinen gemauerte vordere Teil des Hauses bestand aus drei kleinen Räumen und für so viele Bewohner konnte es da recht eng werden. Aber besser ein kleines Dach über dem Kopf als gar keines, meinte der Hausherr trotzdem mit stolzer Brust.

In dem aus einem etwa 12 m^2 großem Wohnzimmer, einer kleinen Küchennische, einem einfachen Badezimmer - dessen Wände mit einem Feinverputz versehen war - und dem aus rohen, ungehobelten Holzbrettern bestehenden fensterlosen Verschlag, der am hinteren Teil des Hauses angebaut war und der ganzen Familie als Schlafraum diente, lebten sie. Es war klein und einfach, aber zu mehr hatte es eben nicht gereicht.

Das Innere des Hauses war sauber jedoch spärlich eingerichtet. Im Wohnraum stand ein Sofa mit rotem Plastiküberzug, ein in gleicher Bauweise hergestellter Sessel, ein einfaches Regal an der Wand; in der Küche dann ein Herd, ein kleines Sideboard, indem die Hausfrau ihre kargen Küchenutensilien aufbewahrte; und im Schlafraum befanden sich mehrere Schilfrohrmatten, die tagsüber aufgerollt gemeinsam mit drei oder vier Kissen an der Wand lagen. Das nun war das neue Zuhause für Nei.

Die Jahre gingen in das Land und er gedieh. Zwischenzeitlich schreiben wir das Jahr 1980 und Nei war etwa 12 Jahre alt.

Mittlerweile hatte sich auch herausgestellt, wer die wahren Eltern von ihm waren. Sein leiblicher Vater - den man auch im Dorf scherzhaft Gula nannte - war bereits in den Alkoholhimmel gekommen, nachdem er wieder einmal – seinem Spitznamen alle Ehre machend - total besoffen am frühen Morgen schon - auf dem Heimweg befindlich – eine Rast einlegte und im Gras liegend ohne den geringsten Schutz vor den sengenden Sonnenstrahlen einen Hitzeschlag erlitt. Die leibliche Mutter kämpfte fortan ganz alleine diesen schweren Kampf gegen den Alkohol, der an ihr seine nicht übersehbaren Spuren hinterließ. An ihren Sohn erinnerte sie sich wohl nicht mehr, dachte man, dafür hatte der reichliche Alkoholkonsum schon gesorgt. Die Zeit als auch der Schnaps hatten die Erinnerung ausgelöscht.

Zwischenzeitlich hatte das Jugendamt Nei für Dona Mathilde und Senhor Ronaldo zur Adoption freigegeben. Trotz aller Fürsorge wuchs er als schwächlicher und für sein Alter kleingewachsener Bub auf, der lange benötigte, um seine ersten Worte zu sprechen als auch seine ersten Schritte zu machen. Er blieb auch später seinen Altersgenossen gegenüber in der Entwicklung zurück, was die Nachbarskinder oft veranlasste, ihn beim Spielen zu demütigen und zu hänseln. Sie nahmen ihn nicht für voll. Er war immer das fünfte Rad am Wagen. Wenn die anderen Jungen auf dem Fußballplatz - eine Wiese am Ende der Straße - die Mannschaften auswählten, dann blieb er gewöhnlich übrig; wenn nicht, dann mußte er ins Tor; denn auf dem Feld rannten ihn die anderen – die

Größeren - einfach um, so klein war er. Meist kamen ihm die großen Geschwister zu Hilfe, die ihn so verteidigten, als wären sie die leiblichen Geschwister; und ein Fremder würde daran auch nicht im geringsten zweifeln, wäre da nicht der kleine Unterschied der Hautfarbe.

In Brasilien, besonders unter den einfachen Leuten, machte man sich darüber nicht allzuviele Gedanken; was nicht heißen soll, es gäbe dort im Lande keinen Rassismus. Es gibt viele Menschen, die darunter leiden, schwarzer Abstammung zu sein. Aus gutem Grunde. Die Menschen mit dunkler Hautfarbe haben es recht schwer in allen Bereichen des Lebens - ob in der Schule, im Beruf, beim Militär oder aber auch im privaten Leben. Schwarze stehen auf der untersten Gesellschaftsstufe gleich nach den Indios und die haben weniger Wert als ein verlauster Straßenköter.

Zurück nun zu der Hauptperson unserer Erzählung, der trotz seiner Wachstums- und Sprachschwierigkeiten mit sechs Jahren wie alle anderen Kinder auch eingeschult worden war. Aber so sehr Dona Rosa - die junge Lehrerin, die auch nicht mehr als vier Jahre Schulbesuch hinter sich hatte - sich eingehend bemühte, war Nei nach drei Jahren Schulunterricht immer noch in der ersten Klasse und es bestand wenig Aussicht, dass sich im Laufe der nächsten Jahre irgendetwas daran ändern sollte.

Er konnte seinen Namen schreiben, zwei und zwei zusammenzählen - auch wenn das Ergebnis nicht immer stimmte -, und was für ein Leben im Straßenvekehr sehr wichtig war: er konnte grün von rot unterscheiden. Zu dumm nur, dass es dort, wo er lebte, keine Ampeln weit und breit gab. Nicht einmal eine asphaltierte Kreuzung, die kam Mitte der achtziger Jahre. Erst in den Neunzigern stellten die Stadtväter eine Ampel auf, die jedoch aufgrund häufiger Stromausfälle dunkel blieb.

Zu Neis Ehrenrettung muß man jedoch klarstellen, dass er nicht dumm war; aber er spielte lieber Fußball, kraxelte im Steinbruch herum, ging mit seinem Vater und seinen Brüdern fischen oder jagen und so träumte er während des Unterrichts in den Tag hinein. Wie oft wurde er von Dona Rosa aus seinen Tagträumen gerissen und wie groß war dann jedes Mal das Gelächter der Mitschüler, wenn er - im Traum eben noch am Meer, beim Fischen oder im Wald auf der Jagd - sich nun mit verdutztem Blick und offenem Munde im Klassenzimmer wiederfand.

Wenn alle Kinder, die zu Dona Rosa in den Unterricht kamen, genau so lernbegierig gewesen wären wie Nei: Senhor Joel hätte seine Ausgaben für die Schule und deren Erhalt sparen können. Dass er für den Bau und die Einrichtung dieser kleinen, gerade einmal ein Zimmer zählenden Schule verantwortlich war, machte ihn bei Nei auch nicht gerade sympathischer.

Auch hier im Arraial do Sapo hatte sich der Staat aus der Pflicht gestohlen, die Freiheit auf das Recht der Schulbildung für alle zu gewährleisten und wieder war es ein sogenannter Krimineller, der unter Beifall der Betroffenen die verdammte Pflicht des Staates übernahm, um mit Hilfe der sogenannten ehrenwerten Gesellschaft diese um ihr Recht betrogenen Bürger für seine Machenschaften einzuspannen.

Es schien, als würden sich die Unverantwortlichen - die dafür bezahlt werden, die Verantwortung zu übernehmen

- mit Ehrungen, Titeln und Auszeichnungen überhäufen, jedes Mal, wenn es ihnen gelungen war, wieder eine arme Seele dem Teufel aus zu händigen.

Nun zurück zu unserem Musterschüler, der sich um all diese Dinge noch keine Gedanken machte. Für ihn war, wie gesagt, die Konzentration in der Schule das Hauptproblem. Auch wenn der Unterricht eine Woche auf den Vormittag, die nächste Woche auf den Nachmittag fiel: egal, wie er auch fiel, stinklangweilig war er eh und je, Nei würde die Schule lieber schwänzen, wäre da nicht die aus dem Minimercado gespendete tägliche Schulspeisung. Er half lieber seinen Geschwistern oder den Eltern bei der Gartenarbeit oder ging mit seinen Brüdern hoch an den Fluß zwischen den Hügeln zum Sandschippen, den sie auf Anweisung ihres Vaters aus dem Bachbett schürften und dann an einem extra hierfür festgelegten Platz seitlich des Hauses zum trocknen schütteten. Wenn Senhor Ronaldo kleinere Bauaufträge annahm, so brachte er seinen eigenen Sand mit, den er dann dem Bauherrn gewinnbringend in Rechnung stellte. Das brachte zwar nicht viel und doch war es ein dankbar angenommenes Extra.

Wenn der Unterricht auf die Morgenstunden fiel und sie all ihre vom Vater aufgetragene Arbeit erledigt hatten und Mutter es erlaubte, dann rannten sie mit lautem Juhe und Hurra hinaus in den Wald hoch an den Fluß; dort, wo sich durch das immerforte Sandschürfen ein kleiner See gebildet hatte. Gemeinsam mit den Nachbarkindern vergnügten sie sich in dem eisig kalten Wasser, das aus dem Gebirgsbach aus Agua Verde zu ihnen in den See und dann durch das Dorf nach Alcantara floß. Das Wasser in dem kleinen See war zwar eiskalt, aber wenn man dann mal drin war, spürte man davon nichts mehr. Bis auf die Unterrichtsstunden waren es so viele unbeschwerte Stunden, die - ginge es nach Neis Willen - niemals aufhören dürfen.

Doch wie das Leben eben so ist und sich die Erwachsenen zwingen, Dinge zu tun, die sie ja dann doch nicht gerne täten und diesen Zwang letztendlich auch auf die nächste Generation übertragen, die sich später einredet, dass sie es genau so gerne tun, um dann wiederum ihren Kindern das blöde Erwachsensein aufzuzwingen. So lernte auch Nei Begriffe wie *Arbeit adelt* usw. Dabei hatte er gar nichts dagegen, bürgerlich zu bleiben. So dämliche Dinge können sich doch nur einfaltslose, erwachsene Menschen ausdenken.

Damals war die Zeit, wie gesagt, für ihn noch in Ordnung gewesen. Ja, er hatte es geschafft, war in die zweite Klasse versetzt worden, was wohl weniger dem Fleiß von Nei als vielmehr dem Unwillen von Dona Rosa anzurechnen war, die unter dem Alptraum litt, im Rentenalter ihn immer noch als Erstklässler unterrichten zu müssen. Als er jedoch später immer noch keinerlei Anstalten machte, sich an der Versetzung in die dritte Klasse zu beteiligen, entschied Senhor Ronaldo eines Tages, seinem Sohn die Schmach und die Tristesse des in die Schulegehens zu ersparen. Womöglich auch, um nicht den Unmut von Dona Rosa auf sich zu ziehen.

Es kam der Tag, dass einer der unzähligen Gehilfen, die Senhor Ronaldo im Laufe der Jahre hatte, wie die meisten davor einfach seine Arbeit hinwarf und nicht mehr auf dem Bau erschien.

Nei - inzwischen schon 12 Jahre alt geworden - war zwar nicht der Kräftigste; aber gemeinsam mit seinem Bruder Luis konnten beide dem Vater zur Hand gehen, meinte Senhor Ronaldo im Gespräch mit der Mutter, die sogleich auf den Vorschlag des Vaters einwilligte. Mit etwas Fleiß und gutem Willen konnten beide die Arbeitskraft des ausgefallenen Helfers ersetzen.

Davi - der ältere Bruder - war zur Zeit bei der Infanterie zum Waffendienst eingezogen, während Ze einen Kurs bei der SENAI belegte:einen Schweißerlehrgang für den Schiffbau. Bei der SENAI handelte es sich um die staatliche Berufsschule für die Industrie.

Die beiden Jüngeren konnten ja - wenn gar nichts mehr ging - bei ihrem Vater das Maurerhandwerk erlernen und hätten damit doch zumindest einen Broterwerb gesichert, so meinte der fürsorgende Senhor Ronaldo.

Noch sah niemand die dunklen Wolken, die sich über dem Arraial do Sapo zusammenzogen. Mit der Schnapsflasche in der zittrigen Hand stand die Alte Halt suchend an der Wand der Bretterbude gelehnt und mit zusammengekniffenen bösen Augen beobachtete sie, wie der Maurer und Nachbar mit den zwei Jungen jeden Nachmittag dreckig und erschöpft von der Baustelle kam. Als die drei wieder einmal über den Steg die Hauptstraße des Dorfes hinuntergingen, da spuckte sie den mit aller Kraft lautstark hochgezogenen Rotz in hohem Bogen von sich, so als wolle sie damit ihre Verachtung gegenüber der ganzen Welt ausdrücken. Sie hob die Flasche an die dicken, gierigen Lippen, ließ den letzten Rest des im Rachen brennenden Inhaltes in einem Zuge die Kehle hinunterlaufen und warf dann die leere Flasche nach einem letzten prüfenden Blick in hohem Bogen in den Bach, wo diese auf einem großen Stein aufschlug und klirrend zersprang. Hopsa! Der Schwung war wohl doch ein wenig zu forsch gewesen, denn mit einem langgezogenen *Merda*! - was soviel wie Scheiße bedeutet - rappelte die sich eben noch am Boden liegende Frau auf die Beine zurück und ging dann schwankenden Schrittes laut fluchend in ihre Behausung.

Von diesem Tag an vergingen noch einige Wochen, bis es dann eines Nachmittags der Zufall so wollte und Luis mit Nei gemeinsam auf dem Weg durch die Zuckerrohrplantage - an dem kleinen Fluß entlang - in die Hauptstraße einbog und sie an den ersten Hütten vorbeikamen. Senhor Ronaldo hatte sich von den beiden getrennt, weil er noch bei einem neuen Klienten vorbeigehen wollte, um mit diesem ein neu geplantes Projekt zu besprechen; daher waren die beiden Jungs - sich angeregt unterhaltend - alleine unterwegs, als sich plötzlich und unerwartet die lallende Frau mit dem aufgedunsenen Gesicht auf sie stürzte und mit fahrigen Händen nach Neis Arm griff.

Dieser wich erschrocken und reaktionsschnell zurück, doch ohne Erfolg; denn sie war aus dem Schatten der Hütte auf ihn eingestürzt und griff so feste sie eben konnte nach seinem Arm, während ihre gelb-rot unterlaufenen Augen ihn böse anblitzten und sie ihren zahnlosen Mund öffnete. *Mae, Mae! Mutti, Mutti!* äffte die Alte, zog und zerrte mit aller Gewalt am Arm des hilflos um sich schauenden Jungen. *Tua Mae so eu! Ich bin deine Mutti!*, schrie sie mit schriller, sich überschlagender Stimme und hämmerte sich dabei mit der flachen Hand auf die Brust und ihre Augen verzogen sich hierbei zu schmalen bösen Schlitzen. Der Sabber lief ihr aus dem Mund und mit ihm wehte der Duft Hochprozentigem in Neis Gesicht, der sich angewidert zur Seite drehte, was die Alte nur dazu veranlasste, noch kräftiger an seinem Arm zu ziehen.

Hörst du? Sie machte eine kurze Pause – so, als wolle sie dem Klang ihrer Worte lauschen - und dann immer noch schreiend wiederholte, *Hörst du: deine Mutter, das bin ich* und deutete mit ihrem Daumen wieder auf die eigene Brust. Ihre Hand zitterte dabei wie ein abgestorbenes Palmenblatt im Winde, ihre Haare waren zersaust und die Frau stank nicht nur nach Alkohol, sondern auch nach einem Gemisch aus säuerlich Erbrochenem und abgestandenem Urin. Die Beine von ihr waren dick geschwollen und schwärzer als Schwarz, das alles nicht nur wegen des Drecks; schlimmer noch sahen ihre Füße aus, die nur noch als große, klaffende, blutige und eitrige Wunde zu erkennen waren.

So, wie es aussah, hatte sie wohl auch nicht mehr lange zu leben und würde über kurz oder lang ihrem Alten ins Jenseits folgen. Was also sollte ihre Boshaftigkeit jetzt noch bewirken? Hatte sie denn noch nicht genug Unheil in ihrem Leben angerichtet?

Die alte Frau war wie von Sinnen und Nei - der arme Kerl - stand da mit weich gewordenen Knien, ganz verdattert; mit starren Augen auf die besoffene, kreischende vor ihm hin und her wankende Frau gerichtet. Er verstand gar nicht, was sich da vor ihm abspielte. In all den zurückliegenden Jahren hatte niemand im Ort seine Zugehörigkeit zu der Familie da Costa angezweifelt oder gar darüber auch nur ein Wort verloren.

Jetzt kam der Hammer, der ihn fast von den Füßen riss; denn mit einem verächtlichen Blick streifte sie ihn von o- ben nach unten und schleuderte ihm die harten, einen e- ben noch gelebten Traum zerstörenden Worte ins Ge- sicht: *Schau dich doch einmal an, du bist schwarz so wie ich; deine ELTERN UND GESCHWISTER* - diese Worte betonte sie extra stark -, *die aber sind nicht schwarz, sondern weiß!* In ihren Worten klang hierbei so etwas wie Triumph, der Triumph des Bösen. Es war das für sie be- glückende Gefühl des Heimzahlens. Sie konnte es nicht verkraften, dass ausgerechnet er - der ihr zum Opfer hät- te werden sollen - nun über ihr Gewissen den Sieg davon trüge, indem er eine neue Familie – eine ihn wie ihren ei- genen Sohn liebende Mutter - gefunden hatte und die er mehr liebte als seine eigene, was doch nicht mehr als verständlich war angesichts ihrer, ihm damals als Säug- ling offenbarten Lieblosigkeit.

Nei aber verstand jetzt die Welt nicht mehr, das Blut pochte laut in seinen Ohren und er glaubte aus seinem Körper getreten zu sein und alles, was sich soeben um ihn herum abspielte, nur ein böser Traum sei, der bald zu Ende wäre.

Die immer noch laut keifernde Frau schüttelte ihn hin und her und er ließ es einfach mit sich geschehen - er sah da- bei, wie sich ihre dicken Lippen bewegten; jedoch hörte er keinen Ton von dem, was sie von sich gab. Er nahm nicht einmal wahr, dass ihn Luis am anderen Arm hielt und versuchte, ihn fortzuziehen - weg von dem augen- blicklichen Geschehen -, aber Nei stand da wie aus Stein gemeißelt und bewegte sich nicht.

Erst als sich einige der Nachbarn - neugierig geworden von dem Geschrei - aus ihren Hütten herausbewegten und nun lachend und witzige Bemerkungen machend auf sie zukamen, erwachte Nei aus seinem Alptraum, riss sich mit aller Gewalt aus den ihn umklammernden Griff, drängte sich durch die da Herumstehenden hindurch, indem er sie einfach zur Seite stieß, riss sich dann von seinem Bruder los und rannte davon; die schwarze Säuferin alleine inmitten der Menge zurücklassend, die in Tränen ausbrach und wie ein kleines Kind heulte. Dann verschwand sie in ihrer Behausung und ließ sich an diesem Tage nicht mehr draußen vor ihrer Hütte sehen.

Er – Nei – rannte, als wäre der Teufel höchst persönlich hinter ihm her; er hörte die Zurufe seines Bruders nicht, der ihm - so schnell er eben konnte - zu folgen versuchte. Mit keuchendem Atem rannte der jüngere, völlig verstörte Junge die Hauptstraße entlang bis an das Ende, bog dann ab zum Steinbruch, kletterte den Hügel hinauf und dann in den seit Jahren stillgelegten Steinbruch hinein. Weg wollte er, weit weg von hier, am besten bis an´s Ende der Welt. Alleine wollte er sein, ganz alleine mit all seinem Schmerz, der ihm das Herz fast zu zerdrücken drohte.

Dort oben auf dem Hügel angekommen, da wo der steinige Untergrund erst in eine Wiese und dann in ein Wäldchen endete, warf er sich mit tränenerfüllten Augen laut aufschluchzend zu Boden. Er vergrub seinen Kopf in den verschränkten Armen, damit niemand seine Trauer sehen konnte; nicht einmal die kleine Andorinha, die über ihm hinweg flog, um noch schnell vor Abenddämmerung zu ihrem Nest zu kommen. Die Tränen liefen ihm an den verschmierten Wangen herunter und er heulte Rotz und

Wasser. Der Kloß in seinem Hals wurde immer größer und größer, vergeblich versuchte er ihn zu schlucken, doch die Kehle war wie ausgedörrt und zugeschnürt. Nun tat ihm auch noch die Brust weh, von soviel Leid schien sie überschwemmt zu sein.

Als er sich nach einer nicht endend wollenden Zeit schluchzend mit trotzig zusammengepressten Lippen aufsetzte, wanderten seine immer noch tränen- und haß-erfüllten Augen weit, weit über den Horizont hinaus. Dort hinten über dem Meer - es war der Atlantische Ozean, so hatte ihnen ja Dona Rosa im Geographieunterricht erklärt -, da wurde es schon langsam dunkel; damit stellte er jetzt – ohne es wirklich aufzunehmen - fest, wie lange er schon hier oben gelegen haben musste.

Drunten im Dorf wurden die ersten schwachen, flackern-den Lichter in den Petroleumlampen angezündet, denn elektrisches Licht gab es hier noch nicht; nur Senhor Joel hatte ein kleines, knatterndes Stromaggregat, mit dem er seinen Kühlschrank betrieb. Einige wenige hatten gasbe-triebene Kühlschränke. Der eine oder andere Haushalt besaß ein kleines batteriebetriebenes Radio und die Stimme eines Reporters, der das Endspiel um die Tassa da Guanabara zwischen Flamengo und Fluminense laut-stark kommentierte, war nun von hier oben zu hören. Da-zwischen konnte man aus einem anderen Haus die Frauenherzen dahinschmelzende Stimme von Roberto Carlos, dem Schlageridol der Zeit, hören. Es schien, als würde sich keiner da drunten an seinem großen Herzens-kummer beteiligen.

Was für ein Bild bot sich ihm. Die Welt schien im tiefsten Frieden. Nei hatte in seiner Trauer kein Auge und kein

Ohr für diese Dinge. Jeder Tourist wäre bei diesem Anblick, den man von hier oben hatte, hellauf begeistert gewesen, denn man konnte bis nach Rio de Janeiro hinüber schauen.

Etwas später dann - bei Nacht - war es besonders schön anzusehen mit seinem Lichterglanz, der die Guanabarabucht wie ein Diamantendiadem schmückte. Die Krönung dieses Bildes waren die Lichter droben auf dem Corcovado mit der beleuchteten Christusstatue und dem Wahrzeichen der Stadt, dem Pão de Açucar, dem Mond und den unzähligen Sternen darüber. Ach, was für ein Bild – einem Gemälde gleich, das kein Künstler hätte besser malen können.

Mit einem tiefen Seufzer wirft Nei nun einen fast faustgroßen Stein weit hinaus in das Tal hinein, als wolle er all die da drunten mit dem Stein bestrafen für das, was man ihm angetan hatte. Irgendwo da drunten traf dieser ein Opfer und zugleich jaulte ein Hund von Schmerzen laut und gequält auf. Armes Tier!

Da saß er nun und die Gedanken schwirrten nur so durch seinen Kopf. Immer noch hatte er das Bild der schwarzen, betrunkenen Frau vor sich, die er all die Jahre über als eine unbedeutende Nachbarin kannte, die ihn nie vorher angesprochen hatte und ihm jetzt so mir nichts, dir nichts eröffnete, sie sei seine wahre Mutter. Sie und nicht Dona Mathilde. Wieder schluchzte er auf und sein kleiner Körper schüttelte sich, so als wolle er sich von der bösen Last befreien.

Da fiel ihm wieder die längst vergessene Geschichte mit dem Schulkameraden ein, der ihn vor etwa drei oder vier

Jahren - so genau wusste es Nei jetzt nicht mehr - auf seine von seiner Familie unterschiedliche Hautfarbe hin angesprochen hatte. Damals war er gleich nach dem Unterricht mit Tränen in den Augen ins elterliche Haus gestürmt und hatte seine Mutter zur Rede gestellt, die dann nur auf Oma Marlie´s Hautfarbe hingewiesen hatte. Ja Oma Marlie war genau so schwarz wie er. Von da an hatte er eben die dunkle Haut von der Oma und wenn ihm die Mutter gesagt hätte: dadurch, dass sie ihn mit Kakao oder Kaffee anstatt mit Kuhmilch gestillt hätte, käme wohl sein dunkler Teint vom schwarzen Kaffee oder vom Kakaogenuß. Jetzt aber wurde ihm doch so vieles klar, auch warum Mutter damals auf seine Frage so unwirsch reagiert hatte. Es war ihr peinlich, zudem war sie nicht auf diese Frage vorbereitet gewesen. Sie hatte gelogen!

Sie hatten Nei in ihrem Hause anfangs ja nur aus lauter Nächstenliebe aufgenommen, zudem rechnete kein Mensch damit - nicht einmal Dr. Leonidas -, dass er überleben würde. Als dann das Gegenteil eintrat, war die ganze Familie so froh gewesen über den Erfolg, dem sicheren Tod ein Schnippchen geschlagen zu haben; darüber hinaus hatte man sich an den kleinen Bub gewöhnt, der die Familie ja so lange bei Tag und bei Nacht beschäftigt hatte. Niemand von ihnen dachte an spätere Zeiten, als sie den dann gesunden elternlosen Findling adoptierten und ihn wie den eigenen Sohn und Bruder in ihrer Mitte aufnahmen. Sie waren eben einfache Leute, gute Leute; und es kam ihnen nicht darauf an, ob es sich hierbei um ein wahres Mitglied der Familie im engeren Sinne oder um ein Mitglied im weiteren Sinne - also der Familie der Homo sapiens - handelte. Sie – die da Costas – waren ein-fache, hart arbeitende Menschen, die keine großen, unnützen Worte machten. Nei gehörte von nun an eben zur Familie, er trug ihren Familiennamen. Von diesem Tag an war er somit ihr Sohn und Bruder.

Aber all das konnte Nei nicht wissen, wie auch sollte er jetzt einen klaren Gedanken fassen, um all das zu verstehen? Doch wie kann man etwas verstehen, wenn man die Gründe und die Zusammenhänge nicht kennt? Was ihm so weh tat, war die Tatsache, dass ihn seine Mutter - Dona Mathilde - all die Jahre angelogen hatte. Sie hätte es ihm sagen müssen. Aber wenn sie es ihm auch früher gesagt hätte: hätte sich dadurch wirklich etwas geändert? Und wenn ja, was? Ach Scheiße, alles Scheiße!

Nei konnte keinen auch nur einigermaßen klaren Gedanken fassen. Und wieder schossen ihm wohl deshalb die eben noch getrockneten Tränen aus den rot angelaufenen Augen und er warf sich zurück auf den Boden, verbarg seinen Gesicht in den verschränkten Armen über dem feuchten Gras. Nur der leichte Abendwind, der vom Meer her über das Land wehte, schien dem sich so einsam und alleine fühlenden Jungen da oben auf dem Felsen tröstend und zugleich beruhigend über den Wuschelkopf zu streicheln, um ihm in seiner abgrundtiefen Trauer beizustehen.

Er weinte die ganze Nacht und verschwendete keinen Blick hinunter ins Tal dahin, wo sein Elternhaus stand. Dort drunten aber hätte er das kleine flackernde Licht, das einzige im ganzen zu dieser Stunde im Dunkel daliegende Dorf, sehen können.

Hätte er doch nur versucht, einen Moment lang Verständnis für seine Mutter aufzubringen, oder sich auch nur überwunden, einen kurzen Blick da hinunter zu werfen: er hätte in dem Schein des kleinen Lichtes, das die ganze Nacht über brannte, all die Liebe einer Mutter spüren können; auch wenn es nicht die war, die ihm das Licht der Welt geschenkt hatte; aber es war die, die es ihm wiedergegeben hatte.

Nach dem Zwischenfall am Steg war Luis zwar hinter dem wie von einer Hummel verfolgtem Bruder herge- hetzt, konnte ihn jedoch nicht einholen. Als Nei auch auf die Zurufe von Luis nicht reagierte, gab dieser die für ihn aussichtslose Verfolgung auf und lief nach Hause, um seiner Mutter von dem Vorfall zu berichten.

Luis war über das Verhalten seines jüngeren Bruders leicht verärgert, da er es beim besten Willen nicht verste- hen konnte; hierzu muß man wissen, dass er gerade mal nicht ganze zwei Jahre alt war, als Maria Cristina den kleinen Nei in der Tonne gefunden hatte. Irgendwann war er eben da und wuchs mit ihnen als der Bruder auf und da auch niemand in der Familie den leisesten Kommen- tar über dessen Herkunft machte und die Eltern ihn wie einen leiblichen Sohn behandelten, kam keiner von den Kindern darauf, Fragen zu stellen. Zudem gab es in der Familie verschiedene farbige Personen. So war Oma Marlie wie schon gesagt schwarz, aber auch ihr Sohn Chico - der Bruder von Dona Mathilde - war im Gegen- satz zu seiner Schwester so dunkel wie die Nacht. Das kam eben davon, weil sie verschiedene Väter hatten und anfangs ja nicht - aber später - Luis eben der Meinung war, Mutter hätte es auch mal mit einem anderen Mann ausprobiert. Es ist doch normal, dass man sich im Leben nicht nur mit einem Mann ins Bett legt; so war doch auch Maria Cristina nicht die leibliche Tochter von Senhor Ro- naldo, denn bevor Mutter ihren jetzigen Mann kennen lernte, lebte sie eine Zeit lang mit einem anderen Mann - dem Vater von Maria Cristina - zusammen. Das war eben so.

Kurz und gut: Luis war über das Verhalten seines Bru- ders verärgert, weil er - Luis - aufgrund seiner Unkenntnis der ganzen Angelegenheit keine allzu große Bedeutung beimaß. Zu Hause angekommen berichtete er daher seiner Mutter von dem Vorfall und der Behauptung der besoffenen Nachbarin und dem für ihn unvorstellbar blöden Verhalten seines Bruders im Anschluß daran.

Dafür aber reagierte Dona Mathilde dann jedoch recht zornig – ganz zum Unverständis von Luis -, nachdem sie im ersten Moment dagestanden hatte, als hätte sie der Blitz getroffen, ein fassungsloses *Wie kann sie nur?* Ausstieß und dann - einer kampfeslüsternen Amazone gleich - mit geballten Fäusten, aufeinandergepressten Lippen und Funken sprühenden Augen an Luis vorbeistob, mit festem Schritt wie ein wild gewordener Bulle in die Hauptstraße und dann nach dem Steg in die Straße dort am Bach einbog und genau vor der Hütte von Neis Mutter stehen blieb. Bei der Wut, die Dona Mathilde im Bauch hatte, war das gut so; denn bei der Geschwindigkeit, mit der sie da ankam, hätte sie die Bretterbude in einem Aufwisch auseinandergelegt.

Sie rief mit lauter, zorniger, nichts Gutes ahnend lassender Stimme *Dona da casa vem ca!* und es schien, als ob die aufgebrachte Frau die Angerufene mit Worten alleine in der Luft zerreißen wolle. Da es trotz des lauten Zurufes still im Inneren der Behausung blieb, wiederholte Dona Mathilde ihre Aufforderung an die Bewohnerin, herauszukommen. Erst nach der dritten Aufforderung zeigte sich ein schwarzes, rundes Gesicht, aus dem zwei verschlafene Augen hervorschauten und im Alkoholnebel angestrengt versuchten, einen Durchblick zu erlangen. Wankend stand sie jetzt in dem türlosen Rahmen und begrüßte die aufgebrachte, vor ihr stehende Nachbarin mit einem lauten, respektlosen Rülpser, der so laut war, dass sie selbst darüber erschrak und den Boden unter den Füßen zu verlieren drohte.

Hast du nicht schon genug Unheil für deine Kinder angerichtet? Hast dich nie um sie gekümmert – jetzt, wo es andere für dich tun, solltest du deiner Kinder wegen froh sein. Aber was machst du? Du dämliches Vieh! schleuderte sie der Frau ihre anklagenden Worte entgegen. *War das, was du mit meinem Sohn....,* weiter kam Dona Mathilde dann nicht, denn sie wurde jäh unterbrochen; hatte sie nicht daran gedacht, dass ihr Sohn ja auch der Sohn dieser Frau war; auch wenn sie dem Alkohol verfallen war und sich nicht mehr gemeldet hatte all die Jahre über, war sie doch die Frau die Nei auf die Welt gebracht hatte, damit auch seine Mutter. So fragte sie dann auch mit hämischem Unterton und schwerer Zunge: *Dein Sohn?* Und noch bevor die verärgerte Frau draußen vor dem Haus stehend etwas antworten konnte, fuhr sie fort und stellte fest: *Dein Sohn, das ist auch mein Sohn!*

Ja, dein Sohn, den du wie Dreck zum Sterben in den Müll geworfen hattest, schrie Dona Mathilde und fuhr fort. *Heute ist er mein Sohn, hast dich ja auch die ganzen Jahre nicht um ihn gekümmert!*

Ja, ja!, begleitet von blödem Gelache setzte die Schwarze hinzu: *Ihr habt meinen Sohn nur geholt, um ihn als Arbeitssklaven zu benutzen.* Dona Mathilde blieb die Luft weg und die Worte im Halse stecken bei soviel Blödsinn, den sie sich jetzt anhören mußte. *Ein Sklave, ein schwarzer Sklave ist er!* kam es mit schriller, sich überschlagender Stimme aus der Hütte.

Er hilft doch nur seinem Vater auf dem Bau und lernt dabei einen Beruf, fast entschuldigend kam Dona Mathildes Antwort auf diesen haltlosen Vorwurf.

Ihr habt ihn gestohlen!, eine kurze Pause, dann fuhr sie fort: *Ja, gestohlen habt ihr meinen Sohn, habt ihn aus dem Hause geholt und dann gesagt, ich hätte meinen Jungen wie eine Rabenmutter fortgeworfen.* Sie hatte sich nun so in ihre Geschichte hineingesteigert, dass sie jetzt – von ihren eigenen Worten gerührt - wie ein getretener Schlosshund laut aufheulte.

Das ist doch dummes Zeug, was du da sagst, stieß Dona Mathilde wütend und entrüstet hervor.

Guck doch, wie dünn er ist; kein Wunder, ein Kind ist er noch und muß umsonst schwer auf dem Bau schuften, während ihr das Geld für euch einsteckt. beharrte die Besoffene.

DAS WAR ES ALSO!

Jetzt dämmerte es Dona Mathilde: der Alten ging es nur um das Geld. *So ein altes Miststück*, dachte Dona Mathilde jetzt bei sich. Diese Frau war ja ekelhaft! Sie hatte sich ihres Kindes wie Dreck entledigt, auch ihre kleineren Kinder waren schon vor Jahren in anderen Familien aufgenommen und versorgt worden und nur die beiden ältesten Kinder - die leiblichen Schwestern von Nei - lebten noch bei der Mutter im Haus, denn letztendlich hatte sie niemand in der Favela haben wollen. Sie waren schon zu sehr an das Leben Halbwilder gewohnt. Sie waren zwar von mehreren Familien nacheinander aufgenommen, aber gleich wieder abgegeben worden. Heute lebten beide trotz ihres jungen Alters schon jahrelang von der Prostitution.

Wie so vielen der Mädchen dieses Landes war auch ihnen die Natur in jungen Jahren schon hold gewesen, was sich in ihren körperlichen Proportionen zeigte. Beide waren sich ihrer Reize bewusst, die sie auf die Männerwelt ausübten, und so waren die Schwestern auch für so manche jetzt schief liegende Ehe hier im Arraial do Sapo verantwortlich. Beide waren dafür bekannt, dass sie je nach Tag und Laune auch mal wegen einer Coca Cola mit einem Mann ins Bett stiegen und diesem einen gleich heißen Fick boten als dem, der mit harter Währung bezahlt wurde. Für beide war es reiner Spaß, mit dem sie sich auch noch ihren Hunger stillen konnten.

Aber nicht nur hier trieben sie den Männern das Blut aus dem Kopf in den Schwanz. Auch auf einen Dreier oder Rudelbums ließen sie sich ein. Wenn sie die lüsternen Augen auf sich gerichtet sahen, wackelten sie gerissen mit den Hüften und streckten die ohnehin schon mächtigen Brüste um noch einiges hervor, dann schauten sie dem Auserwählten mit ihrem geilen, raubtierähnlichem Blick tief in die Augen, so als wollten sie ihn hypnotisieren. Keiner ihrer Opfer konnte diesem Blick und dem wortlosen Versprechen auf einen unvergesslichen Beischlaf widerstehen.

Beide waren schon als Minderjährige recht ausgepuffte Dinger gewesen und so seit langem gern gesehene Gäste auf allen heißen Feten der Gegend. Bei diesen Veranstaltungen floß der Alkohol in Strömen, es gab heiße Musik mit wildem Sex und je nach Wunsch Drogen verschiedenster Art.

Also, so ist das: du machst dir Sorgen um das Geld, willst wohl noch mehr saufen, he?
Haalts Maauul!, kam auch prompt die Antwort, gefolgt von einem herzhaften Rülpser; und das war dann doch zu viel für Dona Mathilde - eine eigentlich recht friedlie-

bende Frau und Mutter ihrer Kinder, die jetzt unter den anfeuernden Rufen der neugierig herbeigeeilten Nachbarn auf die besoffene Hauseigentümerin zustürzte und ihr einen derartig gewaltigen Faustschlag versetzte, dass das runde Gesicht wie von Zauberhand aus dem dunklen Eingang verschwand, dem Lärm zufolge über das Bettgestell flog, an die hintere Bretterwand krachte und dabei den ganzen Bau in seinen Fugen erzittern ließ.

Nichts Gutes hast du deinen Kindern im Leben gegönnt, jetzt willst du auch noch uns dieses bisschen Glück nehmen, was bist du doch für ein elendes Stück Scheiße! Nach dieser Attacke fühlte sie sich etwas wohler, schüttelte drohend ihre Faust und rief der anderen - jetzt am Boden liegenden - Kontrahentin zu, sich ja nicht mehr an Nei heranzumachen, ihn ein für alle mal zu vergessen: wenn nicht - so drohte sie -, würde sie ihr die Gurgel aus dem Halse reißen. Und damit stapfte Dona Mathilde unter dem Beifallsgemurmel der Anwesenden nach Hause, um die Suchaktion nach ihrem verschwundenen Sohn Nei zu koordinieren.

Hätte Nei gesehen und gehört, wie sich Dona Mathilde – seine Mutter – soeben für ihn eingesetzt hatte: alle Zweifel in ihm wären hinweggefegt gewesen. Sie machte sich Sorgen, aber sie musste - bis ihr Mann nach Hause kam - die Dinge selbst in die Hand nehmen und so schickte sie Luis hoch auf den Berg zum Steinbruch hin.
Später – dann, als Maria Cristina aus der Fabrik, in der sie arbeitete, nach Hause kam und eigentlich vorhatte, sich nach dem Abendessen mit ihrem Verlobten zu treffen, aber von dem Verschwinden ihres Bruders hörte - warf sie kurzerhand ihre Pläne über den Haufen und

machte sich ebenfalls auf die Suche nach dem Verschollenen.

Zum Schluß waren alle Familienmitglieder bis auf Davi - der in der Kaserne hatte bleiben müssen -, ja auch der Verlobte von Maria Cristina, an der Suchaktion um den verlorenen Bruder beteiligt. Sie gingen auch von Haus zu Haus und fragten bei den Bewohnern nach, ob sich Nei irgendwo in einem der Häuser aufhielt. Erst als es stockdunkel war und man die Hand fast nicht mehr vor Augen sehen konnte, wurde die Suche eingestellt und auf den nächsten Morgen verschoben, falls Nei bis dahin nicht wieder aufgetaucht sei. In der Nacht zu suchen war einfach zu gefährlich, der Tiere und der Schlangen wegen; aber auch dort zwischen den Felsen konnte man bei einem Fehltritt leicht ausrutschen und hinunterstürzen, was den sicheren Tod zur Folge gehabt hätte.

Hoffentlich hat sich der Junge nichts angetan, sorgte sich die Mutter jetzt; doch der Vater machte sich mehr Sorgen um die Unerfahrenheit des Jungen, der sich - so befürchtete er - ganz alleine da draußen im dichten Wald befand und sich doch einer angreifenden Wildkatze gegenüber nicht wehren konnte. Da Senhor Ronaldo das Jagen und Fischen liebte und in seinem Leben schon von klein auf oft durch die Wälder gezogen war und später dann dafür gesorgt hatte, dass immer etwas zu Essen für seine Familie auf dem Tisch stand, war er sich den Gefahren bewusst, die da im Dunkeln lauerten. Aber sie konnten im Augenblick nichts weiter tun, saßen in dem kleinen, jetzt total überfüllten Wohnraum jeder mit seinem Teller in der Hand beim gemeinsamen Abendessen, doch wollte es keinem der Anwesenden so recht schmecken.

Die Gedanken aller waren jetzt irgendwo dort draußen. Man diskutierte leidenschaftlich über das fassungslose Verhalten von Neis leiblicher Mutter; und so erfuhr auch Luis in dieser Nacht, was er bis heute nicht gewusst hatte: dass sein kleiner Bruder nicht sein wahrer Bruder, sondern die Frau vom Gula die wahre Mutter von ihm gewesen und wie er zu ihnen in die Familie da Costa gekommen war.

In dieser Nacht wurde es spät in dem Haus des Maurers Ronaldo da Costa und dessen Familie. Irgendwann dann erinnerte Dona Mathilde alle daran, ins Bett zu gehen, um sich am Morgen auf die Suche nach dem Ausreißer zu machen, falls dieser bis dahin nicht von alleine den Weg zurückgefunden hatte. Bevor Dona Mathilde jedoch zu Bett ging, stellte sie eine sogenannte Siebentagekerze in einem Einmachglas, damit es vom Wind nicht ausgeblasen werden konnte, auf die Fensterbank.

Obwohl sich alle in den Schlafraum zurückzogen, nachdem sich Maria Cristinas Verlobter verabschiedet hatte, kam letztendlich doch niemand von ihnen zur Ruhe. Ihre Gedanken waren bei ihrem Sohn und Bruder. Jeder von ihnen war nun alleine im Dunkel der Nacht mit den Sinnen bei Nei. Am schwersten unter ihnen nahm es die Mutter, die sich insgeheim bittere Vorwürfe machte, da sie dachte, sie hätte einen Fehler begangen, indem sie ihrem Jungen das Wissen um seine wahre Herkunft verschwiegen hatte. Aber auch Senhor Ronaldo spürte Schuldgefühle in sich aufkommen und seine Hand suchte die Hand seiner Frau, die er gefühlvoll drückte, so als wolle er ihr sagen: Ich bin bei dir. Es war ein nervöses Hin- und Herrollen, Scharren und Räuspern und erst ungewohnt spät kehrte dann doch endlich Ruhe unter ihnen

ein und es war fast schon Morgen, als auch dem Letzten
unter ihnen im Raum die Augen zufielen.

So wie die Bewohner da unten in dem Haus der Familie da Costa keine Ruhe fanden, kam auch Nei einfach nicht zur Ruhe; denn außer dass seine herumschwirrenden Gedanken solches nicht zuließen, wurde es gegen Morgen bitterkalt da droben auf dem Berg; und während der Nacht erschrak Nei des öfteren, wenn in der natürlichen Nahrungskette einer den anderen auffraß und dieser sich mit Gepipse und Geschrei dagegen wehrte, irgendwo in einem hungrigen Magen zu landen. Wenn es im Gebüsch raschelte, versuchte Nei in dem schummrigen, nur vom Mondlicht erhellten Waldrand mit zusammengekniffenen Augen den Grund hierfür auszumachen, jedoch meist ohne großen Erfolg. Dazu war es trotz Mondschein doch zu dunkel da drinnen zwischen dem Geäst und Gestrüpp. Er hatte zugegeben ein wenig Angst, denn es war das erste Mal, dass er so alleine auf sich gestellt war. Und es war daher nicht nur die Kälte der Nacht, die ihm ein Frösteln über den Rücken jagte.

Dann kam ein Moment, in dem er an die Familie und sein Zuhause dachte, in dessen Fenster die ganze Nacht das Kerzenlicht brannte; und so wie das Leuchtfeuer dem Seemann den sicheren Weg in den Heimathafen weisen sollte, so sollte es auch ihm - dem verlorenen Sohn - das Wiederfinden des Weges zu seinem Elternhaus erleichtern. Nei dachte jetzt gerade daran, wie ihm sein Vater - als er noch klein war und Angst hatte, im Dunkeln zu schlafen - die Geschichte vom Toquinho erzählte, der sich wie er jetzt alleine im Wald befunden hatte und überall böse Tiere und Gespenster sah, bis er dann bei Tageslicht sah, dass dies alles nur Hirngespinste waren. Hirngespinste, die durch die Angst geboren wurden. Dieses Erinnern an den Inhalt der Geschichten beruhigte ihn ein wenig.

Hin und wieder drangen von da drunten auch ihm bekannte Laute an sein Ohr und sie sagten ihm, dass er ja noch gar nicht so weit von zu Hause fort war. Mehrmals war in der Nacht Hundegebell zu hören gewesen, das da unten aus dem Dorf heraufdrang; und er meinte auch, das eine oder andere Mal den kleinen Toni aus dem Gejaule herausgehört zu haben. Toni, das war ihr schwarzer Mischlingshund, der auf Haus und Garten aufpassen sollte; jetzt aber hinter dem Haus an der Kette lag, weil er sonst ausbrach, sich überall herumtrieb und nur nach tagelangem Herumstrolchen mit knurrendem Magen den Weg nach Hause zurückfand.

Einmal – so erinnerte sich Nei jetzt und musste bei dem Gedanken gar lächeln - stand Toni mit einem großen Päckchen im Maul vor dem aus Bambusstangen gefertigten Tor und wartete mit wedelndem Schwanz und großen treuen Knopfaugen darauf, dass ihm jemand das Tor öffnete. In dem Packen aus Zeitungspapier, das ihm Dona Mathilde aus dem Maul reissen mußte, befand sich ein frisch geschlachtetes, bereits ausgenommenes und gerupftes Huhn. Womöglich war das Ganze für eine Macumbazeremonie gedacht, aber an so etwas glaubte Dona Mathilde überhaupt nicht, sondern nahm den Vogel und legte ihn in den Kochtopf, wo er eine gesunde, braune Hautfarbe und einen appetitlichen Körpergeruch annahm. Zum Mittagsessen, das aus dem üblichem Reis mit Bohnen bestand, bekam jeder ein Stück von dem saftigen Braten und Toni bekam als Belohnung den Knorpel und die Knochen außer den Röhrenknochen. Er war trotz der ungerechten Aufteilung zufrieden gewesen mit dem kleinen Rest, der ihm zugedacht war.

Ja, der Toni: das war ein guter Freund, der hatte ihn nie belogen; und schon bei diesem banalen Gedanken flossen die Tränen und dann fing Nei wieder an zu heulen. Er war dermaßen enttäuscht darüber, dass er von allen, die er liebte, belogen worden war. Im Augenblick sah er daher keine Möglichkeit, irgendjemandem zu verzeihen, sollte ihn einer von ihnen darum bitten.

Als die ersten Sonnenstrahlen dort über dem Meer aufgingen und es hell wurde, rappelte sich Nei vom Boden empor, warf noch einen letzten Blick über das Tal hinweg - wobei er es vermied, sein Elternhaus anzuschauen; damit sollten sie bestraft werden - und ging dann hinüber zum Waldesrand und auf dem Trampelpfad durch das Dickicht Richtung Agua Verde. Es wurde höchste Zeit, dass er sich etwas Essbares beschaffte, da sein Magen knurrte, als beherberge er darin ein ganzes Rudel hungriger Bären. In und um Agua Verde herum gab es sehr viele Obstplantagen. Hier hoffte Nei genügend Essbares zu finden, um seinen morgendlichen Bärenhunger zu stillen.

Da der Boden in der Gegend gut war und es aufgrund der dortigen Quelle des Rio do Testo genug Wasser gab, hatte man die Gegend systematisch abgeholzt und danach mit Obstbäumen wieder aufgeforstet - ganz zum Ärger derer, die sich für den Erhalt der Matta Atlantica einsetzten. Die Matta Atlantica war der früher einmal ganz Brasilien überziehende, bis zur Küste hin reichende Urwald, von dem heutzutage im Staat Rio de Janeiro so gut wie nichts übrig geblieben ist. Für die Freunde der Matta Atlantica ein ökologisches Desaster, aber für Nei jetzt ein Segen.

Da sich um diese Uhrzeit noch niemand in den Plantagen herumtrieb oder gar arbeitete, musste Nei nicht damit rechnen, erwischt und mit Schlägen vertrieben zu werden, sondern er konnte sich ganz auf die Suche nach den schönsten und schmackhaftesten Früchten machen. Als er dann fürs erste seinen Hunger gestillt hatte, zog er sein T-Shirt aus, legte es auf dem Boden aus und packte eine ganze Menge dieser Eins A-Qualitäten zu einem Bündel zu sammen und machte sich schließlich auf den Weg querfeldein nach Pato Branco.

Pato Branco: das war für brasilianische Verhältnisse eine mittelgroße Industrie- als auch Handels- und Hafenstadt, die etwa eine Million Menschen beherbergte; und man kann sich in etwa vorstellen, wie es da auf den belebten Straßen zuging. Besonders in den Vormittagsstunden und den frühen Abendstunden, wenn das Heer der Arbeiter in die Stadt zur täglichen Arbeit und am Abend nach Feierabend ihrem Wohnort entgegenströmten. Hoffnungslos mit Arbeitern überfüllte Omnibusse kamen am frühen Morgen schon aus allen Vororten und Nachbarstädten, schwer beladene Lastkraftwagen, Zigtausende von qualmenden und stinkenden Personenkraftwagen und dazwischen um die Wette knatternde Motorräder und den Verkehr hoffnungslos aufhaltenden Fahrradfahrer bahnten sich ihren Weg durch diesen Moloch oder suchten irgendwo und irgendwie einen Platz, um ihren Untersatz zu parken, was nicht einfach zu bewerkstelligen war. Die ganz harten Typen parkten der Einfachheit halber in der zweiten Reihe, ohne sich dabei um den Stau und die Probleme zu scheren, die sie anderen Vekehrsteilnehmern damit verursachten. Das große Heer der Flanelinhas waren gegen einen kleinen Obulus des Eigentümers damit beschäftigt, das herrenlose Vehikel solange hin und her zu schieben, bis es dann irgendwann im Laufe des Tages seinen endgültigen Parkplatz fand.

Arbeiter, Büropersonal, Verkaufspersonal, Restaurantangestellte und die vielen Kauflustigen, die den ganzen Tag über in die Stadt kamen, erfüllten sie mit geschäftigem Leben. Ein Summen, ein Brummen wie in einem überdimensionalen Bienenstock schwängerte die sich im Sonnenlicht erhitzende tropischfeuchte Luft. Die Gehsteige waren wie von Ameisen gleich mit Menschen überschwemmt, die sich träge durch die Stadt schoben und wälzten.

Jeder Kraftfahrer, der eine funktionsfähige Hupe besaß, betätigte diese auch ohne Unterlaß, als glaube er dadurch dem entstandenen Stau zu entkommen. Als säße ihnen allen jetzt gleichzeitig die verlorene Zeit im Nacken und um diese an der nächsten Kreuzung wieder einzuholen, verzichtete erst der eine, dann der andere darauf, die Vorfahrt zu gewähren. Alle standen sie nun mitten auf der Kreuzung. Da ging dann nichts mehr. Keiner wollte dem anderen gegenüber nachgeben.

Wenn sich dann auch noch die Fußgänger zwischen den auch so kaum vorwärts kommenden Fahrzeugen ihren Weg bahnten, dann war der Teufel erst recht los.

Das ganz große Chaos war dann komplett, wenn die Polizei hinzukam. Sie kamen! Das war sicher! Ja, sie kamen sogar mit Blaulicht und Sirene.

Nun muss man sich vorstellen, man sitzt in seinem Blechkasten mit defekter Klimaanlage bei einer Bullenhitze, die die Luft über dem Asphalt flimmern lässt, kommt nicht vorwärts, nicht zurück; man schaut nervös auf die Uhr, weiss, dass man zu spät ins Geschäft kommt, wo der Chef schon sehnsuchtsvoll mit einem unfreundlichen Spruch auf den Lippen wartet; man Lust und Laune hat, alles liegen und stehen zu lassen; und dann kommen da ein paar sich wie Halbwilde aufführende, bis zu den Zähnen bewaffnete Ordnungshüter, die sich fast den Weg freischießen, weil sie glauben, das absolute Wegerecht zu haben.

Diese - das sah man sofort - waren gut genug, um Verbrecher zu verfolgen, um Angst und Schrecken unter den braven Bürgern zu verbreiten; aber um den stockenden Verkehr zu regeln und diesen wieder in Gang zu setzen, dazu taugten sie allesamt keinen Schuß Pulver. Als erstes bahnten sie sich mit ihrem klapprigen PATAMO - der mobilen taktischen Patrouille - einen Weg , wo sich eigentlich keiner befand. Ob Gehweg, ob Blumenbeet oder Grünanlage - das schien ihnen recht egal. Da sich eine Patamo-Besatzung immer aus drei Mann zusammensetzte und jeder von ihnen über eine Trillerpfeife verfügte, kann man sich ja unschwer vorstellen, wie sich das anhört, wenn alle 150 m eine dreiköpfige Truppe steht und versucht, gegen mehrere hundert Autohupen gleichzeitig anzupfeifen und die Straßenkreuzungen frei zu machen.

Wenn man dann lange gewartet hatte und jetzt endlich glaubte, es ginge vorwärts, dann blieb - der Teufel wollte es so - ein klappriges, vorsintflutliches Gefährt wieder genau auf der eben mit aller Mühe freigemachten Kreuzung stehen. Oder aber einem mit Schüsseln, scheppernden Töpfen, Stahlpfannen, Möbeln oder anderen Gebrauchsgegenständen beladenem zweirädrigem Handkarren – von den Einheimischen *schwanzloser Esel* genannt -, der von seinem Besitzer mit aller Mühe und Not bewegt wurde, dem musste jetzt auch noch die Vorfahrt eingeräumt werden. So mancher dieser Wagenlenker ließ sich bei der Überquerung recht viel Zeit, was dann zur Folge hatte, dass der hernach an ihm vorbeifahrende genervte Autofahrer das Fenster herunterkurbelte und ein paar nette, nicht gerade jugendfreie Worte wechselte, die sich auf des Wagenlenkers Abstammung bezogen und nicht immer wissenschaftlich fundiert waren. Dabei hätte auch

Charles Darwin Probleme gehabt, den entsprechenden Beweis zu erbringen.

Nei - der nach einem mehrstündigem Fußmarsch erschöpft in die Stadt kam, die er ja bisher nur vom Hörensagen kannte - hatte sich auf einer Bank in der Nähe der Kreuzung niedergelassen, aß eine der mitgebrachten Bananen und schaute anfangs interessiert, bald amüsiert den auf der Kreuzung vor ihm mit den Armen wild fuchtelnden, hin- und herlaufenden, sich die Lunge aus dem Leib blasenden, blau uniformierten Gesetzeshütern zu, wie sie das unmöglich scheinende letztendlich möglich machten.

Dann rollte der Verkehr wieder, wie lange jedoch, war nur eine Frage der Zeit, wovon sich der Junge vom Lande gleich selbst überzeugen konnte. Kaum waren die total erschöpften Polizeibeamten in ihr Fahrzeug gestiegen und zurück zum Standort gefahren, da missachtete der Nächste das für ihn geltende Rotlicht der Ampel und nach dem Motto *Was der kann, das kann ich schon lange!* fuhr der Nächste ebenfalls in die Kreuzung hinein.

Bei so viel Unterhaltung konnte man schnell mal die Zeit vergessen und Nei musste bei sich zugeben, es nicht zu bereuen, hierher gekommen zu sein. Erst einmal mußte er seinen Füßen ein Ruhepause gönnen, denn immerhin war er stundenlang querfeldein durch Wald und Grasland auf ausgetretenen Pfaden und Wegen bis hierher in diese Stadt, die nun für ihn zur neuen Heimat werden sollte, gekommen. Dadurch, dass er nicht auf der Asphaltstraße hierher gelaufen war, hatte er etwas mehr als 5 km Wegstrecke eingespart und das war für ihn eine stolze Leistung.

Immerhin maß die Distanz von Agua Verde bis Pato Branco etwa 25 km und für einen Durchschnittsbrasilianer war das in etwa die Strecke von der Erde bis hin zum Mond, denn kein normaler Mensch in diesem Lande würde so weit laufen. Auch war das in zivilisierten Gegenden der Welt mit Freuden betriebene Wandern eine unbekannte, ja verrückte Sportart. Für einen waschechten Brasilianer undenkbar!

Die Hälfte der Einwohner – ja, mehr noch - lebte in den so genannten Favelas, den Armenvierteln in der Stadt; meist jedoch außerhalb der Stadt auf irgendwelchen illegal besetzten Hügeln oder brachliegenden ehemaligen, von ihren Besitzern aufgegebenen Fazendas. Außerdem kamen zu diesen im Elend lebenden noch Tausende Nichtsesshafter hinzu, die auf den Straßen, in den Parks oder in irgendwelchen verlassenen zum Teil noch aus der Kolonialzeit stammenden Gebäuden lebten beziehungsweise hausten und sich durch betteln oder harter Arbeit als Tagelöhner im Hafen, im Fischmarkt, auf dem Großmarkt oder aber in den Werften ihren täglichen Lebensunterhalt bezogen. Wer sich früh Morgens in einer der nicht endend wollenden überall zu sehenden, arbeitswilligen Menschenschlangen oft schon Stunden zuvor einreihte und es dann endlich schaffte, an diesem Tag für ein paar Stunden nur beschäftigt zu werden, der konnte sich glücklich schätzen, auch wenn der Verdienst nur für das Notwendigste des täglichen Lebens reichte. Überall gab es Warteschlangen, ob vor den Fabriktoren, den Bushaltestellen, den Ämtern, in den Banken, vor den Krankenhäusern und selbst vor den Friedhöfen. Der Brasilianer war Weltmeister im Schlangestehen und keiner muckte deshalb auf. Alle standen brav an und warteten, warteten und warteten.

Nachdem sich Nei nun lange genug ausgeruht und dabei seinen mitgebrachten Obstbestand auf Null reduziert hatte, gab er sich einen Ruck, schlenderte durch die Straßen, in denen ein Schnellimbiss an dem anderen zu liegen schien und aus denen der Duft von frisch gebratenem Fleisch und Fisch, in schwimmendem Öl knusprig ausgebackene mit leckerem gefüllte Teigtaschen, appetitlich angerichtete Happen, die in den blanken Glasvitrinen lagen, um die geschäftig hastenden Menschen daran zu erinnern, dass sie Hunger haben könnten. Hm, das war ohne Zweifel was anderes als das dämliche Obst aus den Plantagen aus Agua Verde herum! Trotz der noch frühen Mittagsstunde waren schon alle Sitzplätze in den Restaurants besetzt, auch in den Stehkneipen drängten sich die ersten Mittagsgäste zwischen den noch den Morgenkaffee schlürfenden Spätaufstehern - von eifrigen Kellnern und Bediensteten ständig umworben, die hierbei nur auf ein dickes Trinkgeld spekulierten, das meistens jedoch ausblieb.

Noch hatte der eben vom Lande kommende Caipira keine Hungergefühle, aber wie jeder weiss, ist Obst - wenn auch gesund - so doch kein großer Sattmacher. Mit anderen Worten sollte es daher nicht lange dauern, bis sich sein leeres Gedärm zur Stelle meldete; angeregt von den köstlichen Gerüchen, die die Lüfte schwängerten. Aber noch war er damit beschäftigt, die neuen, für ihn unbekannten Eindrücke aufzunehmen.

Hier gab es anscheinend alles, was man brauchen und nicht brauchen konnte. Es war halt ganz anders als in dem von Senhor Joel geführten kleinen Kramladen, den er großspurig Minimercado nannte und in dem er dann doch nur Sardinen und schlecht schmeckende Würstchen in Dosen, losen Reis, ebenso lose schwarze Bohnen, Spaghetti, gesalzenen Bacalhau, Toilletenpapier, Kernseife und ein paar Töpfe und Kannen zum Verkauf anbot.

Die zahlreichen Händler hier in der Großstadt aber bauten ihre Waren in wackligen Konstruktionen vor ihren Geschäften mitten auf den ohnehin mehr als überfüllten Gehsteigen auf und zwangen die Passanten so, darum herum zu gehen; in der Hoffnung; diesem würde dabei einfallen, dass er den eben gesehenen Gegenstand - um sein Glück perfekt zu machen - jetzt und sofort erstehen müsste. Fast hätte Nei mehrere Male an diesem, seinem ersten, Tag hier in seiner neuen Heimatstadt nur um ein Haar solch abenteuerlich anmutenden Konstruktionen übersehen und über den Haufen gerannt. Das wäre nicht auszudenken gewesen! Er hätte sich damit zweifellos keine Freunde in der neuen Heimat gemacht.

Zwar war es verboten, öffentliche Verkehrsflächen für geschäftliche Zwecke zu benutzen; doch wenn der Fiscal - der städtische Kontrolleur - kam, dann machte sich keiner Gedanken über diese Nichtbeachtung; sondern der Geschäftsinhaber drückte diesem ein paar Cruzeiros in die Hand und damit waren alle zufriedengestellt und alles blieb, wie es war. Auf diese Weise machte ein Fiscal so an einem Tag mehr Geld, als er im ganzen Monat verdienen konnte. Das es dabei auf Kosten der Bewegungsfreiheit der Passanten ging, das störte diese Menschen nur wenig.

Doch wenn sich die armen in den Favelas Lebenden für ihr tägliches Auskommen ein paar Cruzeiros hinzuverdienen wollten und als Camelô – als Straßenhändler - auf den Bürgersteigen ihre Klapptische aufstellten und darauf ihr zum Teil armseeliges Hab und Gut zum Verkauf feilboten, dann kannten diese öffentlichen Angestellten keine Gnade und sie überfielen die ambulanten Händler regelrecht, nahmen ihnen das Geld, die Ware und letztendlich auch noch den Klapptisch ab. Wer dann einen bestimmten Betrag zahlte, der konnte sich sein Eigentum im städtischen Depot wieder abholen, wo es zuvor hingekarrt wurde. Was nicht im Laufe einer bestimmten Zeit vom Eigentümer abgeholt wurde, konnte ersteigert werden. Solche Versteigerungen fanden des öfteren im Jahr statt, immer wenn das Lager überquoll und bei denen dann immer ein- und dieselben Großhändler die beschlagnahmten Gegenstände für einen Apfel und ein Ei an sich rissen, um sie anschließend mit großem Gewinn oft wieder an den gleichen Camelô, dem man es vorher abgenommen hatte, zu veräußern.

Auf seinem ausgeweiteten Erkundungstripp durch Pato Branco kam Nei letztendlich totmüde an den Strand und staunte über die vielen Touristen, die von überall aus der Welt hierher kamen, um sich den Allerwertesten unter brasilianischer Sonne zu bräunen. Unter den Badegästen und Sonnenanbetern tummelten sich auch viele Einheimische. Man konnte sofort zwischen Einheimischen, also Brasilianern, und Auswärtigen unterscheiden. Im Gegensatz zu den Einheimischen waren die ausländischen Touristen gut genährt, um nicht zu sagen dick und fett gefressen. Außerdem fiel auf, dass ihre Hautfarbe am Anfang recht blaß war, verglichen mit ihrer bunten, weithin sichtbaren Bekleidung. Aber was Nei´s Aufmerksamkeit mehr gefangen hielt, waren die Schiffe – große und kleine -, die zum Be- und Entladen an den Kais dort drüben im Hafen lagen; die überfüllten durch die Guanabarabucht stampfenden Fähren und der weltbekannte Yachthafen, in dem sich für ihn so viele schöne Boote Seite an Seite liegend befanden und der da hinten sich zum offenen Meer hinstreckende Flughafen, auf dem reger Flugverkehr herrschte. Das alles nahm ihn jetzt für die nächste Stunde gefangen und er kam aus dem Staunen nicht heraus, war doch alles jetzt Gesehene für ihn etwas ganz neues, nie vorher da Gewesenes. Das alles war mit dem für ihn bekannten Leben im verschlafenen Arraial do Sapo nicht vergleichbar.

Unter einer Palme hatte er sich auf der Strandpromenade ein ruhiges und schattiges Plätzchen gesucht, an dem er nun entspannt saß und die neuen Eindrücke auf sich wirken ließ, als dann eine aufgetakelte ältere Dame mit ihrer Promenadenmischung daherkam und dieses verdammte Vieh genau an die Stelle pinkeln mußte, an der er Platz genommen hatte und wie der Blitz mit einem erschrocken-ärgerlichem Aufschrei hochschoß, noch bevor ihn der warme, nasse Strahl des Hundes erreichte. Er schaute die Hundehalterin erbost fragend an, die ihn jedoch in keiner Weise wahrnahm, so als wäre er Luft und würde für sie gar nicht existieren.

Feine Leute kennen eben kein Pardon mit einfachen Leuten. So etwas erlaubte sich wohl nur ein dummer Stadtmensch, dachte Nei verärgert bei sich. Auf dem Land hatten die Menschen mehr Respekt voreinander, dort war niemand so arrogant wie jetzt diese Frau, der es wohl nicht einmal ein Wort der Entschuldigung wert gewesen wäre, wenn der Hund ihn angepisst hätte.

Aber auch der Köter mit seiner eingedrückten Boxerschnauze war ebenso hochnäsig wie die alte Schachtel, so als wäre ihm sein sozialer Stand, der Unterschied zwischen Arm und Reich bewusst. Immer noch hob er das Bein und als er dann fertig war, stand die ganze gerade eben noch trockene Sitzfläche unter Wasser, was zur Folge hatte, dass Nei gezwungen war, seinen Standort zu wechseln. Doch noch bevor sich der kleine, dicke Fettmops mit seiner wohlparfümierten Begleitung entfernte, hinterließ er einen Pups mit einem recht streng und unangenehmen Geruch; so als wolle er dem Jungen vom Land all seine Missachtung kundtun, weil dieser es gewagt hatte, seinen Toilettenplatz zu belegen, denn letztendlich befand er sich schon länger in dieser Gegend und besaß somit Vorrechte. Doch bald schon liessen neue, interessantere Eindrücke diesen Vorfall vergessen. Nachdem sich Nei zwischen die Touristen mischte und sich - um der Hitze zu entfliehen - in die tosenden Wellen warf, ein paar Mal hinaus ins Meer schwamm und sich dann wieder an Land spülen ließ, verspürte er den ersten Hunger. Das Schwimmen als auch die frische, salzige Luft, die vom offenen Meer her in die Bucht geweht wurde, regten die Lebensgeister in ihm an, die aber auch gut genährt sein wollten.

Ja, dieses Leben im Paradies hatte also auch seine Schattenseiten, wie der kleine Caipira mit dem halb abgefressenen Ohr bald merken sollte, war er doch zu Hause wohlbehütet aufgewachsen und hatte doch zumindest jeden Tag außer sauberer Wäsche regelmäßig zu Essen bekommen. Dies nicht zuwenig! Erst Morgenkaffee mit einem großen Kanten Brot, mittags eine gute Portion Reis mit Bohnen und zum Abendessen dann Reste vom Mittagessen, wenn noch vorhanden; meist aber in flüssigem Fett ausgebackene einfache Teigbällchen, die das eine Mal gesalzen und beim nächsten Mal zur Abwechslung gezuckert waren. Wenn Mutter vom Mittagessen noch etwas Fleisch übrig hatte, würfelte sie es ganz fein, mit Petersilie und Zwiebelwürfel füllte sie diese Teigbällchen. Welch eine Delikatesse!

Hier und jetzt aber war das anders. Zugegeben: bei diesem Gedanken wurde es ihm leicht flau in der Magengegend, denn hier in der Stadt war er ja ganz auf sich alleine gestellt; Sehnsucht nach Mutters Küche war geweckt. Obendrein machte sich ein Gefühl der Unsicherheit bei dem Gedanken, wo und wie würde er die Nacht verbringen, in ihm breit, welches er sofort aus seinen Gedanken verbannte, denn das war im Augenblick zweitrangig. Lieber wollte er die Zeit nutzen, um darüber nachzudenken, wie er an Essbares kommen konnte. Eigentlich müsste das bei so vielen Kneipen, Stehimbissen und Restaurants kein allzu großes Problem für ihn sein. Er grübelte darüber kurz nach und wie jeder gute Brasilianer dachte er erst einmal an den einfacheren Weg, nämlich ans Betteln. Ein Malandro - so nennt sich der gewiefte Einheimische -, der sucht sich immer den Weg des geringsten Widerstandes; und da körperliche Arbeit nicht dazu zählt, kommt sie zum Erhalt des Lebens erst an zweiter Stelle oder danach.

Da der ihn quälende Hunger mit jeder Stunde, die verging, stärker wurde, nahm er sich vor, seine Idee gleich in die Tat umzusetzen, um den eventuellen Erfolg festzustellen. Der erste Anlauf ging voll in die Hose. Nei ließ sich jedoch wegen dieses anfänglichen Fehlschlages nicht entmutigen. Nach mehreren anderen – erfolglosen – Versuchen in verschiedenen Kneipen hatte er dann das erhoffte, jedoch bescheidene Glück, wobei der zuletzt Angesprochene nur widerwillig seinen Geldbeutel zückte und ihm mit den unmissverständlichen, zugleich warnenden Worten *Aber gewöhn es dir nicht an, jedes Mal bei mir zu betteln* zwei mit Butter beschmierte Brötchen spendierte.

Zwei Brötchen waren nicht gerade die Welt, aber besser diese als gar keine; und wer weiß: vielleicht war er im Laufe des späten Nachmittags doch noch erfolgreicher als bei seinem Debüt. Jetzt suchte er sich erst mal einen ruhigen Platz, um das ihn drückende Hungergefühl zu stillen. Während er mit Heißhunger das dürftige Mahl verschlang, dachte er noch einmal über seinen ersten Bettelfeldzug nach und woran es gelegen haben könnte, dass er bei den meisten der Angesprochenen keinen Erfolg gehabt hatte.

Das, so kam er zu dem Schluß, konnte mindestens drei Gründe gehabt haben. Als erster Grund fiel ihm der soziale Stand der in dieser Gegend lebenden und arbeitenden Menschen ein, diese hatten mit Sicherheit auch keine Reichtümer zum Leben übrig. Das waren doch alles arme Schlucker, so wie er auch. Der nächste Grund konnte an ihm selbst liegen - zum Beispiel, weil er nicht demütig genug auftrat. Mutter hatte doch immer gesagt: wenn man um etwas bittet, muss man dies mit Demut tun, dann ist der Erfolg gewiss. Der nächste und letzte Grund war der, dass er heute einfach kein Glück hatte. Was also tun? Die Antwort lag auf der Hand: einen anderen Standort suchen, mit mehr Herz bitten und nicht verzagen.

Spät am Abend hatte er dann doch noch einmal Glück, als eine leicht beschwipste von ihm angesprochene Frau die letzte noch in der Glasvitrine liegende Coxinha bezahlte und sie Nei in die Hand drückte mit dem Wunsch, sich diese schmecken zu lassen, was er auch mit großem Genuss tat; und danach suchte er sich einen Platz, an dem er sich zur Ruhe legen konnte. Das war jedoch leichter gesagt als getan. Eine geraume Zeit irrte er durch die nächtlichen Straßen, auf der Suche nach einem solchen.

Was Nei ja nicht wusste: hier lebten so viele Menschen wie auch herrenlose herumstreunende Hunde, die alle schon die besten Plätze in Beschlag genommen hatten; und so blieb für ihn nur noch der Strand übrig, an dem es in der Nacht recht kühl werden konnte. Lange hatte er warten müssen, bis es endlich ruhig wurde, so dass der müde Junge dann seine Augen für einige Stunden schließen konnte. Der ewig gleichmäßige Wellenschlag sang dem Neuankömmling Pato Brancos das Gute-Nacht-Lied. Früh gegen Morgen sollte er dann auch halb erfroren aufwachen und um die Kälte aus seinen Knochen zu treiben, rannte er auf der Strandpromenade hin und her, bis ihn wohlige Wärme durchzog; danach schlenderte er durch die fast menschenlosen, noch halbdunklen Straßen, in denen das Heer der guten Geister der comlurb - mit Schaufel und Besen bewaffnet - den Unrat der letzten 24 Stunden wegschafften, damit die Bürger der Stadt Platz hatten, um neuen Unrat hinzuwerfen. Der eine oder andere Obdachlose - aufgeschreckt durch das Putzgeschwader - irrte scheinbar ziellos durch die Gegend.

Was Nei jedoch noch nicht ahnen konnte, war die Tatsache, dass sich viele dieser schemenhaften im Dunkel dahinwandernden Gestalten als Schatzsucher verlorengegangener Wertsachen anderer betätigten. Zum Leid so mancher nächtlichen Zecher, die bei vorgerückter Stunde den Überblick ihres Tascheninhaltes verloren, was sie dann beim morgendlichen Erwachen mit Schrecken feststellen mußten. Wenn es zwischenzeitlich kein anderer vor ihnen gefunden hatte, dann fanden es am nächsten Morgen diese ruhelosen Geister. Glück im Unglück hatte der Verlierer, wenn der unehrliche Finder zumindest die Geldbörse mit den persönlichen Papieren abgab; denn allein ein solcher Verlust war mit viel Lauferei, Geld und Ärger verbunden.

Später kam auch Nei noch dahinter und er fand so manchen Cruzeiro auf der Straße im morgendlichen Müll und Unrat der Millionenstadt. Auch lernte er andere Straßenbewohner - Mendigo genannt - kennen, die sich mit Betteln durchs Leben schlugen; doch er fand keine Freunde unter ihnen, schloß sich keiner Gruppe an, sondern wechselte andauernd die Gegend – heute hier, morgen dort. Er blieb allein. Heute war er in dieser einen Geschäftsgegend, morgen am Strand, dann mischte er unter den Touristen mit oder er trieb sich im Banken- und Büroviertel herum; und wenn er genug Geld erbettelt hatte, zog er sich auch mal für Tage zurück, ging an den Strand von Sao Pedro da Aldeia - einem winzigem Fischerort -; wohnte außerhalb der Stadt im Küstenbereich in der Nähe einer Küstenbatterie der Marine. Genauer gesagt hatte er es sich unter einer Rampe eines Lagerschuppens häuslich gemacht. Hier handelte sich um einen nicht mehr im Gebrauch befindlichen Bau. Er hatte sich mit Pappkarton und einer herrenlosen Sperrholzplatte einen Verschlag zurechtgezimmert, in dem er vor Wind und Wetter einigermaßen geschützt war. Damit hatte er sich eine sichere Rückzugsmöglichkeit geschaffen, die ihm ein Gefühl von Schutz gab, so musste er sich auch nicht jedes Mal aufs neue mit anderen Mendigos um einen Schlafplatz streiten. Wenn er nicht zum Betteln in die Stadt zog, dann ging er hinunter an den Strand. Mit einer selbstgebauten Angel fing er sich so manches Abendessen, das er sich dann ungestört auf dem Lagerfeuer zubereitete. Nur selten wurde er von der Polizei kontrolliert, jedoch nie verjagt.

Nei hatte so ein, wie man in Brasilien sagt, Jeitinho entwickelt: eine eigene Art, mit der er zwar nicht übermäßig Erfolg hatte; die sich jedoch sehen lassen konnte, was auch von den Kneipenbesitzern der Gegend erkannt worden war. Ohne Umschweife sprachen ihn einige von diesen Geschäftsleuten danach auch an und unterbreiteten ihm, er könne sich ein paar Cruzeiros zusätzlich verdienen, wenn er wolle. Und ob er wolle! Voller Eifer war er dabei. Etwas Besseres konnte ihm gar nicht geschehen.

Auf die Frage, was er tun solle, wurde er auch schon eingewiesen in die Kunst des Geldverdienens. Seine Aufgabe bestand darin, sich an die Touristen heranzumachen; besonders an die Gringos, die sich in Begleitung brasilianischer Mädchen – meist Huren - befanden und um die Bezahlung eines Prato feito zu bitten. Hierbei handelte es sich um einen kompletten Tagesteller, für den Nei einen Anteil gutgeschrieben bekam. Bei allen Bestellungen, die über ihn gemacht wurden, gab es Prozente; und kaum war es gesagt, da stieg er ein in das große Geschäft des elenden Mitleidheischens, des Tränendrückens. Schon bald hatte er den Dreh raus und er war so etwas wie der ungekrönte King der Nacht, der König der Tagesteller. Wenn er jeden bezahlten Teller hätte essen müssen, er wäre - ohne zu übertreiben - in einer Woche so dick wie ein junger Elefant geworden.

Das hieß: er war erfolgreich! Einfach Spitze! Die verschiedenen Geschäftsleute, die ihn angeheuert hatten, aber auch er waren mit den Verkaufserfolgen sehr zufrieden. Unzufrieden hingegen waren nur die Kollegen und Kolleginnen von Nei, die in diesem Geschäft jetzt nach seinem Erscheinen erfolgloser waren und daher weniger Umsatz machten. Wie jeder Erfolgreiche, so zog auch er den Neid der Erfolglosen auf sich. Was Nei noch nicht ahnte, da er in seinem Erfolgsrausch das um ihn herum übersah und damit die Tatsache, dass sich einige seiner Mitstreiter in der Gunst der Spendierfreudigen zusammenschlossen und in gemeinsamen Treffen ihrer Verärgerung über den Caipira, wie sie ihn spöttisch nannten, Luft machten. Wut und Ärger machte sich unter ihnen breit, der aufgebaute Druck würde sich nicht lange halten können.

Eine ganze Zeit lang ging es ja gut. Sein Erfolg zeigte sich in dem Erwerb von neuen Shorts, dann ein T-Shirt mit dem Sternen-Banner der USA darauf, danach dem Kauf von Markensportschuhen; dann einer immens grossen Sonnenbrille, die ihm aufgrund seines fehlenden Ohres laufend verrutschte und ihm daher mehr Ärger als Freude brachte. Sein sehnlichster Wunsch aber war es, als nächstes eine Armbanduhr zu erstehen. Groß musste sie sein, so wie er sie immer am Arm von Senhor Joel bewundert hatte. Groß, damit sie jeder sehen konnte und musste. Sie musste in der Sonne wie Gold blitzen. Sie sollte das Aushängeschild seines Erfolges werden. Hier in der Stadt hatte fast jeder Mann eine solche, aber zu Hause war der Drogenhändler Joel der einzige, der sich einen solchen Luxus hatte leisten können. So etwas war schon immer Neis heimlicher Traum gewesen.

Wenn er abends in die Stadt zum Betteln ging, dann musste er es in der alten zerrissenen Kleidung tun, ganz gegen seinen Stolz und seine Eitelkeit; doch war es notwendig, wollte er weiterhin Erfolg haben. Er durfte nichts von all seinen neuen Errungenschaften zeigen und damit darauf hinweisen, dass ihm im Laufe der letzten Wochen und Monate etwas gelungen war; und wenn es sich auch nur um die Tatsache drehte, dass er Menschen beeinflusste, ihm – einem für sie Unbekanntem - einen Prato feito zu bezahlen und - wenn er Glück hatte - noch eine Coca Cola obendrein für nichts und wieder nichts als Gegenleistung. Eigentlich war das mit der Gegenleistung für nichts ja doch nicht so. Der Gebetene erhielt doch ein Gefühl von Zufriedenheit und das war doch – nach dem Motto: Geben ist seliger als Nehmen - mehr wert als alles Geld auf dieser Welt.

Tagsüber aber zog sich Nei seine neuen Klamotten an und schlenderte stolz durch die Straßen, ohne dass ihn jemand als den armen Bettelbuben der Nacht erkannte. So lebte er ein nicht gerade üppiges, aber für ihn zufriedenes Doppelleben. Dieses Leben hätte für ihn auch so weiter gehen können, wenn da nicht wie gesagt der Neid seiner ausschließlich jungen Mitstreiter – den anderen Straßenkindern - gewesen wäre.

So machte er sich eines Nachts – wie so oft in den zurückliegenden Tagen und Wochen -, nachdem er die Touristen in einigen Kneipen abgefischt hatte, wie immer auf den Weg zurück in seine armselige Unterkunft. Sein Heimweg führte ihn auf einer Erdstraße aus der Stadt hinaus, die Küste entlang. Die ganze Gegend war trostlos und nicht bebaut, sondern nur mit hohem Gras und Sträuchern bewachsen. Da und dort standen auch einzelne Bäume herum und die Landschaft ging von einem etwa 200 – 300 m breitem Küstenstreifen in hügeliges, steil ansteigendes, waldbestandenes Gelände über.

Am Ende dieser Straße gelegen konnte man von hier aus die schwach beleuchtete Stellung der Küstenbatterie sehen, in deren Richtung Nei jetzt ging und dabei nachzurechnen versuchte, wie viel Geld er jetzt mit den in seinem Unterschlupf versteckten und den in seiner Tasche befindlichen Scheinen hatte. Ob es wohl schon für seine Uhr reichte? Er war so in Gedanken, dass er das raschelnde Geräusch, das seitlich des Weges aus dem Gebüsch kam, gar nicht wahrnahm. Erst das zweite Rascheln vernahm er, doch ohne diesem eine besondere Bedeutung zuzumessen, ging er unbeirrt weiter. Es gab viele Kleintiere, besonders Ratten, in dieser Gegend. Geräusche in der Nacht waren immer so trügerisch, das konnte der Wind oder auch ein aufgescheuchtes Kleintier gewesen sein. Zudem waren alle nächtlichen Geräusche im Gegensatz zu den am Tag verursachten wesentlich besser zu hören, der allgemeinen Stille wegen. So hatte ihm der Vater erzählt, als sie vor Jahren auf die Jagd gezogen waren.

Kein Wunder daher, dass Nei sich nicht im Mindesten sorgte. Erst als das Rascheln im Gebüsch stärker und von stumpfen Klopfgeräuschen unterbrochen wurde - so als schlage jemand mit einem Stock auf den Boden -, fing Nei an, sich Gedanken darüber zu machen, was das wohl sein könnte. Da der Himmel in dieser Nacht stark bewölkt war und man die eigene Hand nicht vor Augen sah, versuchte Nei mit zu Schlitzen zusammengepressten Augen die Dunkelheit zu durchdringen und aus der Richtung, aus der das Rascheln und Klopfen kam, etwas zu erkennen. Er blieb erst einmal stehen. Drehte er sich jedoch nach rechts, so kamen die Laute von links; dann plötzlich kam ein Kratzgeräusch von hinten, drehte er sich rückwärts, hörte er wieder etwas von vorne und so ging es eine geraume Zeit. Er konnte aber beim besten willen niemanden erkennen. Ein eiskalter Schauder lief ihm jedoch bei dem Gedanken über den Rücken, als er an den Teufel dachte - der mit dem Pferdefuß -, der jetzt kam, um ihn zu holen. Heiß vor Angst wurde ihm bei der Vorstellung vor dieser in der Kirche immer wieder angesprochenen Figur des Bösen. Die Vorstellung an das Bild des Teufels, der ihn holen sollte, ließ ihn erzittern und gleichzeitig zu einer bewegungslosen Säule erstarren. Zu allem Überdruss pinkelte er sich jetzt, ohne es selbst zu merken, vor Angst auch noch in die Hose.

Dann ging alles schnell, so schnell, dass er nichts weiter tun konnte als seine Arme schützend über dem Kopf zusammenzuschlagen; und von überall her prasselten die schmerzenden Schläge auf seinen kleinen Körper nieder, ob mit den Fäusten oder mit Knüppeln. Seine Peiniger waren nicht kleinlich, was die angewandte Härte anging. Dabei stießen sie Beschimpfungen aus, als wollten sie sich selbst mit jedem dieser Ausrufe anfeuern. Als ihn dann ein dröhnender Schlag auf den Kopf von den Beinen riss und er mit Wucht auf den Boden fiel, bearbeiteten ihn die aufgebrachten Angreifer mit den Füßen; ja einige gar schleuderten ihm Steine an den Schädel und als ihn ein solcher mit Wucht am Auge traf, sah er Funken sprühen. Nach einem Tritt in den Unterleib - der ihm das Gefühl gab, er könne seine Eier im Hals spüren - zog er seine Knie an, um sich rund zu machen und damit der aufgebrachten Horde weniger Angriffsfläche zu bieten. Dafür bekam er einen harten Schlag gegen das Schienbein, welches mit einem krachendem Laut brach und Nei die Tränen aus den Augen trieb. Die auf ihn Einprügelnden kannten auch jetzt noch kein Pardon.

Filho da Puta, du elender Hurensohn! Mit solchen Worten und dem mehrmals geäußerten Vorwurf *Kommst hierher, willst unser Geschäft kaputt machen, he?* oder *Filho de uma Porca, du Sohn einer Sau!* traten sie ihm ins Gesicht, in den Bauch und in den Rücken. *Vai Morrer! Wirst sterben!* Sie schlugen wie besessen weiter, so als wollten sie ihm auch noch den Rest geben und er konnte sich nicht einmal mehr gegen seine Angreifer zur Wehr setzen. Sie waren in der Überzahl, zudem befand er sich in einer nicht gerade günstigen Position, um sich zu verteidigen. Auch war er einem jeden von ihnen körperlich total unterlegen.

Genauer gesagt waren es 11 Jungen, die er alle aus dem Kneipenviertel her kannte, das von Huren und geilen, nur auf einen billigen Fick hoffenden männlichen Touristen besucht wurde. Ein gewaltiger Tritt traf ihn in den Arsch, der nächste ging in den Sack und ein spitzer, schriller Schrei presste sich über seine zusammengebissenen Lippen. Oh, diese verdammten Schmerzen, als ob ihm jemand ein brennendes Messer in den Unterleib gerannt hätte. Steine, immer wieder Schläge mit Holzknüppeln. Sie krachten ganz besonders auf seine Deckung, die gebrochen werden sollte. Der warme, metallige Geschmack von Blut machte sich in seinem Mund breit. Seine über ihm stehenden Angreifer lachten hämisch und kicherten über jeden seiner vergeblichen Versuche, dem Zugriff oder Schlag seiner Peiniger auszuweichen. Letzendlich ließ er die Deckung sinken, es hatte ja doch keinen

Zweck mehr. Irgendwann wurde ihm dann pechschwarz vor Augen. Er hatte sich der Ohnmacht ergeben.

Eine Militärstreife der Policia Naval, die nachts das Gelände um den Stützpunkt der Artillerie kontrollierte, bemerkte im Scheinwerferlicht ihres Fahrzeuges eine Anhäufung von Jugendlichen, die sich wie Wilde gebärdeten und mit Stöcken auf etwas am Boden Liegende einschlugen und dabei mit ihrem Geschrei die Nachtruhe störten. Wohl eine Schlange, eine Ratte oder ein Tatu!

Als die Soldaten jedoch näher an das Geschehen kamen, stellten die jetzt ihrerseits auch von den Jugendlichen bemerkten Soldaten fest, dass es sich bei dem vermeintlichen Tier um ein am Boden liegendes Kind handelte und der Streifenführer schaltete das Blaulicht seines Fahrzeuges ein und gab Anweisung an seinen Fahrer, darauf zuzufahren, was dieser mit sichtlicher Freude auch tat; und es gelang ihm, mehrere der Flüchtigen mit Hilfe der harten Bullenrammstoßstange außer Gefecht zu setzen. Dann sprangen die Uniformierten aus dem Fahrzeug und trieben den Rest der Jugendlichen mit harten Knüppelschlägen zur Personenkontrolle in Front von dem Fahrzeug zusammen.

Von all dem bekam Nei nichts mit, auch dass die Marinesoldaten ihn - immer noch bewußtlos, stark ächzend und stöhnend vor Schmerz - ins Marinehospital brachten, wo er von den in der Nachtwache befindlichen Ärzten vorläufig behandelt wurde, um später dann zur Weiterbehandlung in die Universitätsklinik verlegt zu werden. Nichts von alledem war ihm bewußt geworden.

Nach der Einlieferung in das Hospital da Marinha kam Nei spät in der Nacht, fast schon am Morgen wieder zu sich und überlegte angestrengt, wo er sich denn befand. Nie zuvor hatte er ein Krankenhaus von innen gesehen, geschweige denn darin gelegen. Auch der penetrante Geruch, der ihm in die jetzt gebrochene schmerzende Nase stieg, war ihm gänzlich unbekannt. Es war alles so still um ihn herum. Er hatte überall im Körper Schmerzen, konnte nicht tief einatmen, sondern musste den Atem flach halten, da er sonst brennende Stiche im Oberkörper verspürte. Auch der linke Arm und sein linkes Schienbein schmerzten höllisch. Es war ihm nicht möglich, seine Umgebung klar wahrzunehmen, so sehr war sein Gesicht angeschwollen. So war es ihm nur möglich, die sich über ihm befindliche weiß gehaltene Flurdecke durch schmale Schlitze verschwommen wahrzunehmen. Mit den Fingern der rechten Hand, die seitlich von seinem Körper lag, tastete er vorsichtig den Untergrund ab. Als er bemerkte, dass er auf einer mit Kunststoff überzogenen Bahre lag und mehrere Personen in weißen Kleidern bzw. Kitteln hin und her huschten und dabei alles vermieden, um laute Geräusche von sich zu geben, fiel es ihm wie Schuppen von den Augen, dass es - wenn er nicht im Himmel war - sich hier wohl nur um ein Krankenhaus handeln konnte. Aber im Himmel konnte er auch gar nicht sein, denn da spürte man doch keine Schmerzen mehr? Oder?

Wie er gleich mit Erleichterung feststellte, war er noch am Leben, auch wenn er übel zugerichtet worden war. Trotz der dumpfen Gefühle des Schmerzes in seinem geschundenen Schädel versuchte sich Nei daran zu erinnern, was ihn hierher gebracht hatte. Nach und nach stellten sich die Bilder in seinem Gedächtnis wieder ein. Er erinnerte sich an die Jungs, die ihn auf dem Weg zu seinem Unterschlupf abgepasst und fast erschlagen hatten. Erst jetzt wurde ihm das Glück so richtig bewusst, dass er ja noch am Leben war, aber warum eigentlich? Was war der Grund hierfür? Als ihm doch schwarz vor Augen wurde, schlugen sie immer noch auf ihn ein? Warum hatten sie ihn denn dann verschont und nicht ganz tot geschlagen? Was war passiert? Wie kam er hierher? Er selbst hatte es nicht geschafft, durch eigene Kraft hier in das Krankenhaus zu kommen! Oder doch? Außerdem müsste er sich daran erinnern, wenn es so gewesen wäre?. Aber wie hätte er auch von sich aus in dieses Krankenhaus kommen sollen, war ihm die Existenz eines solchen, aber auch der Standort völlig unbekannt. Hier in dieser Gegend war er doch vorher noch nie gewesen, sonst hätte er sich daran erinnert. Wer also hatte ihn hierher gebracht?

Fragen und nochmal Fragen! Er konnte keine Antwort auf seine Fragen finden, womöglich sollte er auch nie eine finden; denn das war klar, dass er sich so schnell nicht wieder in dieser Kneipengegend dort blicken lassen würde. Das müsste schon mit dem Teufel zugehen. Auf eine solche nochmalige Abreibung hatte er vorläufig keinen Bock mehr.

So lag er eine geraume Zeit auf seiner harten, keineswegs bequemen Bahre, bis sich endlich jemand um ihn erbarmte und er behutsam in einen großen hellen Saal geschoben wurde, in der eine kleine Gruppe von weißgekleideten Männern abseits standen, sich gedämpft angeregt unterhielten und anfangs von ihm keinerlei Notiz nahmen. Erst nachdem ihn zwei ebenfalls in weißgekleidete junge Frauen in einem Nebenraum an eine Wand gefahren hatten, mit einer total unnötigen Aufforderung, still liegen zu bleiben, aus dem Raum gingen und gleich wieder hereinkamen, um ihn zurückzuholen, an ihm herumfummelten, dann erst lösten sie – die Männer dort - ihr Grüppchen auf. Sie kamen einer nach dem anderen auf ihn zu, jetzt ein ernstes, ja fast böses Gesicht machend; so als wollten sie ihrer Verärgerung den entsprechenden Ausdruck verleihen darüber, dass sie seinetwegen im Gespräch gestört worden waren. Einer von ihnen redete andauernd und gab Anweisungen. Wohl war er der Chef, denn die anderen nickten meistens nur zustimmend oder antworteten mit einem kurzen *Sim!*, dabei schauten sie ihrem Patienten nicht ein einziges Mal ins Gesicht. Nei lag da und fühlte sich wie das Stück Fleisch auf der Schlachtbank unter dem prüfenden Blick der Hausfrau, die den Braten schon im Topfe wähnte.

Bei den beiden jungen Frauen handelte es sich - wie Nei später erfuhr - um Krankenschwestern und die anderen, die Männer, das waren Militärärzte. Die beiden Schwestern auf alle Fälle, die beeilten sich immer, gleich zu tun, was der Chef anordnete. Die beiden waren - wie der Junge feststellte - die einzigen, die an ihm Hand anlegten. Wohl war es für die Männer unter ihrer Würde, sich an ihm die Hände schmutzig zu machen. Zuerst bekam er eine Injektion. Die erste in seinem Leben, an die er sich erinnerte. Als er die große Nadel in der Hand der Krankenschwester sah, wurde ihm heiß und kalt zur gleichen Zeit und er schaute mit großen, ängstlichen Augen genau auf die im Licht glänzende Spitze, was ein überlegenes Lächeln im Gesicht einer der jungen Frauen hervorrief.

Es nutzte nichts, auch wenn er noch so angestrengt auf die Nadelspitze schaute: sein Blick konnte nicht verhindern, dass sie sich durch seine Haut bohrte. Der Stich schmerzte, aber weh tat es erst so richtig danach; als der Arzt am Bein und am Arm herumfummelte, da war der Stich mit der Injektionsnadel gar nichts dagegen. Am liebsten wäre Nei aufgesprungen und aus dem Raum geflohen, was er jedoch beim besten Willen nicht einmal fertig gebracht hätte. Es hatte keinen Zweck, sich zu wehren oder gar zu weigern, die Hilfe anzunehmen, die die spätere Heilung bedeuten konnte. Im Augenblick war ihm alles egal. Er ließ daher alles mit sich geschehen, auch wenn es zeitweise – wie schon gesagt - recht schmerzhaft war. Ohne es zu bemerken, wurde ihm dunkel vor den Augen.

Als er nach einer für ihn endlos erscheinenden Zeit aus dem Raum geschoben wurde, hatte er den lädierten Arm und das Bein in einem feuchten, weißen, kühlen Gipsverband stecken; um den Oberkörper herum war eine Bandage gewickelt und den Rest, so hörte er – wieder erwacht - den Chefarzt sagen, um den sollten sich später die Kollegen in der Clinica de São Pedro kümmern.

Wieder wurde er in den ihm schon bekannten Flur geschoben, wo er dann eine lange Zeit stand, die er damit verbrachte, trotz Schmerzen den verlorenen Schlaf nachzuholen. Hierzu waren ihm schmerzstillende Medikamente verabreicht worden. Wie viel Zeit letztendlich jedoch vergangen war, seit er eingeschlafen war, wusste der kleine, eben aufwachende Patient nicht, aber er fühlte sich wesentlich besser als noch davor in der Nacht. Er hatte lange geschlafen, denn jetzt war heller Tag, wie Nei – einen Blick zum Fenster hinauswerfend - sehen konnte. Dieses stand weit geöffnet und der Wind spielte mit der leichten Gardine. Er fand sich in einem weiß bezogenem Bett wieder, das mit dem Kopfende an der Wand seitlich von der Eingangstür stand und mit dem Fußende mitten in ein Zimmer hineinreichte, welches eher einem Saal glich. Auch war er - wie er gleich bemerkte - nicht alleine in dem hell getünchten, luftigen Raum. Auf jeder Raumseite standen vier Betten, also insgesamt acht Betten, die zur Zeit alle belegt waren.

Nei ließ seine geschwollenen Augen über die Betten hinwegschweifen und stellte fest, dass er der jüngste Patient im Raum war. Alle anderen Mitbewohner waren zu seiner großen Enttäuschung erwachsene Männer und keiner war auch nur annähernd jung. Es waren alles Angehörige der Marine. Alles Soldaten!

Bald sollte er feststellen, dass die Tatsache, dass es sich bei seinen Zimmergenossen um ausschließlich Erwachsene handelte, ein Segen war; denn gleich nachdem er die Augen öffnete, avisierte einer der Bettgenossen das Personal und schon bekam er etwas Kaffee mit viel Milch und ein mit Butter bestrichenes Brötchen, das er mit Heißhunger herunterschlang, um seinen wie gewohnt laut knurrenden Magen zu beruhigen. Danach verabreichte ihm die Schwester eine Schmerztablette, wohl hatte er während seiner Ruhephase zu viel gestöhnt und seine Nachbarn dadurch gestört. Die meisten der Patienten hatten Besuch von Freunden oder Angehörigen, die schwatzend kleine Grüppchen um die Betten bildeten und der eine oder andere dieser verstohlen neugierig zu ihm herüberschaute. Man sah ihnen an, dass sie sich Gedanken machten und ihn gerne direkt gefragt hätten, was denn der Grund seines desolaten Zustandes war.

Aber sie sollten bald ihre Neugierde befriedigen dürfen, denn in jedem Krankenhaus des Landes gab es einen Polizeiposten. Hier war es ein Polizist der Marine, in dessen Akte jede eingelieferte Person registriert wurde.

Dies aufgrund der vielen Verbrechen, die tagtäglich begangen und nicht bekannt wurden. Auch wurde so die Einlieferung durch Freunde eines bei einer Straftat verletzten Verbrechers verhindert, ohne dass die Behörden hiervon Kenntnis hatten. Wenn es sich um den Patienten um einen bei einer Straftat Verletzten handelte, musste die ärztliche Versorgung und gesundheitliche Wiederherstellung dann im Krankentrakt der Justizanstalt erfolgen; dies zu seinem, aber auch dem Schutz der übrigen Patienten in dem entsprechenden Krankenhaus.

Denn es war in früheren Zeiten schon mehrmals vorgekommen, dass Bandenmitglieder einer rivalisierenden Gang in ein Krankenhaus stürmten und einen dort eingelieferten Gegner auf dem Operationstisch vor den Augen der ihn behandelnden Ärzte exekutierten und man nicht einmal wusste, wer er war und woher er kam. So mussten aufgrund eines Dekrets alle persönlichen Daten der Einliefernden als auch alle Einzuliefernden in einem amtlichen Buch festgehalten werden. Hierzu machte eine Dreierstreife einen Tag- und Nachtdienst rund um die Uhr, wobei jeder Polizist eine achtstündige Schicht absolvierte – und das in jedem Krankenhaus im ganzen Land.

Eben einer dieser Beamte kam nun mit einer Krankenschwester an sein Bett, um die Personalien von Nei aufzunehmen und nach dem Grund seiner Verletzungen zu fragen. Diese Angaben notierte der Mann in der weißen Uniform gewissenhaft in seinem Kontrollbuch. Doch bei Nei konnte er sich viel Schreiberei ersparen. Der erzählte dem Fragenden, dass er im Dunkel von Unbekannten angegriffen und bewusstlos geschlagen worden war; bevor er überhaupt etwas oder irgendwen hätte erkennen können, war es schwarz vor seinen Augen geworden. Den Rest behielt er für sich.

Nei vermied es, irgendwelche genaueren Aussagen zu machen; auch auf die Frage seiner Herkunft gab er an, immer auf der Straße gelebt und von seinen Eltern keine genauere Kenntnis zu haben. Irgendwie stimmte das ja auch. Es war keine Seltenheit, dass Kinder als Waisenkinder auf der Straße herumlungerten; und so glaubte ihm der Fragende, aber nicht, ohne ihm einen zweifelnden Blick zuzuwerfen. Auf seinem Gesicht konnte man wie in einem offenen Buch lesen, was er von dem hier im Gipsverband liegenden Jungen hielt.

Während Nei sprach und seine Aussage machte, war es in dem doch vorher recht lautem Raum spürbar still geworden; hofften doch alle, etwas Spannendes zu hören; um sich am Ende dann enttäuscht - dieser banalen Geschichte wegen ihre Unterhaltung unterbrochen zu haben - wieder dem vorangegangenen Gesprächsthema widmeten. Er war nur für einen Augenblick lang von allgemeinem Interesse gewesen, aber eine Prügelei unter Straßenjungen: das war nicht der Rede, geschweige denn des Hinhörens wert. Schade, dass einer davongekommen war! Besser wäre es, wenn sie sich gegenseitig totschlagen würden. Niemand der Anwesenden im Raum sagte es, aber alle dachten sie so.

Die nächsten Tage in dem Militärhospital vergingen für ihn recht schnell, da er die meiste Zeit verschlief oder träumend in seinem Bett lag; eine Zeit, die er dazu benutzte, über sich und seine Zukunft nachzudenken. Er war ein stiller Zeitgenosse, machte keine großen Worte;

ja wenn man etwas von ihm wissen wollte, musste man ihm die Würmer förmlich aus der Nase ziehen.

Schon von klein auf war das so gewesen. Er hatte sich schon immer mit sich selbst beschäftigen können, oft auch müssen. Vater Ronaldo hatte für sie - die Kinder - im Garten hinter dem Haus eine Schaukel gebaut, auf der er Stunden verbrachte, ohne dass Langeweile aufkam. Genauso war das mit dem Ball, den Dona Mathilde aus mehreren Lederfetzen zusammengenäht und mit Holzwolle gefüllt hatte. Wenn seine Brüder und die Nachbarskinder nicht gerade mit diesem Ball auf dem Fußballfeld am Ende ihrer Straße bolzten, dann schoß er die unförmige Kugel mit nicht endend wollendem Eifer an die Hauswand oder er trippelte mit ihr um die Obstbäume herum. Das waren jetzt seine Gedanken, mit denen er ganz in sich versunken seine Zeit verbrachte – schöne Erinnerungen!

Dann kam der Tag der Verlegung in die Universitätsklinik São Pedro. Der Abschied von seinen Zimmerkollegen fiel kurz und schmerzlos aus. Es gab keine Tränen und auch keine Umarmungen, irgendwie schien es, als waren alle froh, ihn - diesen Pivetjinho - los zu werden. Niemand fühlte sich sicher in der Nähe eines solchen. Zu viele verbrecherische Aktivitäten sagte man ihnen nach. Sie waren bekannt für ihre Frechheit und respektlose Großmäuligkeit, überall drängten sie sich vor und nutzten das allgemeine Durcheinander - das von ihnen verursacht worden war - aus, um den Opfern - meist älteren Bürgern - das ohnehin schon nicht ausreichende, wenige Geld aus der Tasche zu klauen.

Es war seine erste Autofahrt in seinem Leben – zumindest die erste, die er bewusst wahrnahm. Er genoss sie sichtlich, trotz der Schmerzen, die ihm das ständige Geruckel verursachte. Doch die Fahrt war nicht von langer Dauer, kaum hatte sie begonnen, war sie auch schon zu Ende. Der anfängliche Genuss schlug jetzt in Enttäuschung um. Die Fahrt hätte für seinen Geschmack ruhig länger dauern dürfen.

Die Clinica Universitaria de São Pedro – sein neuer Aufenthaltsort - unterschied sich nicht besonders von dem Marinehospital, in dem er noch bis vor einer Stunde gelegen hatte. Das Personal war zwar im Gegensatz davon jünger und auch freundlicher. Viele von ihnen waren eben Studenten, kamen aus allen Schichten der Gesellschaft; was Nei jedoch ganz besonders auffiel, war der Unterschied, der zwischen den Patienten beider Krankenhäuser bestand. Die hiesigen Kranken machten allesamt einen ärmlichen, verbissenen Eindruck; ein heruntergekommenes, vom harten Leben gezeichnetes, trostloses Bild menschlichen Daseins.

Wer in diesem Krankenhaus Aufnahme fand, zählte im Allgemeinen nicht zu den gutsituierten Bürgern der Stadt. Hier fanden alle Aufnahme, denen sonst nicht geholfen wurde, da sie nicht über die Mittel verfügten, die Behandlung zu bezahlen, konnte es jedoch geschehen – und es geschah auch ohne Wissen und Zustimmung -, dass der Patient als eine Art Versuchskaninchen herhalten musste. Auch die Medikamente, die zur Heilung und Wiederherstellung der Gesundheit der Internierten benötigt werden, sind kostenlos. Hierbei handelt es sich meistens um Arzneimittel, deren Haltbarkeitsdatum kurz vor Ablauf stehen und von der Pharmaindustrie an Ärzte verteilt werden, die bekannt dafür sind, dass sie Arme und Kranke unentgeldlich behandeln.

Als Gegenleistung gegenüber der Pharmaindustrie verpflichteten sich diese Ärzte, Testfragebogen auszufüllen, in denen sie dann die Wirkung der einzelnen Präparate auf den Patienten als auch auf den Heilungsprozeß festhielten. Damit sparten sich die einzelnen Hersteller immense Labor- und Versuchskosten, andererseits machten sie sich einen Namen als wohltätige Spender. Dass hierbei Leib und Leben des Patienten aufs Spiel gesetzt wurde, davon sprach niemand – auch der Mediziner nicht, der von der Arzneimittelindustrie für seine Judasdienste am Patienten gut bezahlt wurde. Alles, aber auch alles auf dieser Welt konnte man aus verschiedenen Sichten betrachten, auch dieses. Wenn der Patient geheilt wurde, war alles gut. Wehe aber, er starb! Schuld war im Endeffekt der asoziale Staat!

Das Hospital São Pedro war sauber, nur die Zimmer waren hier doch recht groß und glichen eher Schlafhallen, in denen bis zu 20 Betten und mehr standen. Hinzu kamen noch die vielen Besucher aus nah und fern, die die Krankenzimmer bevölkerten. Kein Wunder auch, dass es bei so viel Menschen trotz offenen Fensters wie in einem Freudenhaus nach Schweiß und Mief stank. Nicht alle der hier Liegenden nahmen es auch noch mit der Körperhygiene so genau, was noch weniger zu frischer Luft und gutem Duft beitrug.

Für Nei war die Tatsache, dass es drei Mahlzeiten pro Tag gab und er einigermaßen satt wurde, von großer Wichtigkeit. Hier hatte er ebenfalls mit seinen Zimmergenossen wenig Kontakt, auch wenn sich unter ihnen mehrere Jugendliche befanden und einer von denen etwa sein Alter hatte. Aber es wollte einfach keine rechte Stimmung aufkommen unter ihnen. So schlief oder döste er die meiste Zeit des Tages vor sich hin oder humpelte zur Toilette, denn mit der Bettpfanne hatte er sich beim besten Willen nicht anfreunden können.

Je länger er sich in der Klinik befand, desto langweiliger wurde es ihm und nach einer gewissen Zeit schon wünschte er sich nichts sehnlicher, als wieder auf der Straße zu sein. Jedoch hatte er zu diesem Zeitpunkt noch nicht ahnen können, wie schnell die Zeit vergehen, sein Wunsch wahr werden und man ihn aus dem Hospital São Pedro entlassen würde, in dem er in den letzten Wochen vor Langeweile fast umgekommen war, dafür jedoch an Körpergewicht zugelegt hatte. Die dortigen Ärzte hatten ihn - aufgrund seiner Angaben, ein Straßenjunge zu sein - der allgemeinen Fürsorgepflicht wegen länger stationiert als gemeinhin üblich; bald aber sollte er spüren, wie gut es ihm unter der Obhut des Krankenhauspersonals ergangen war und das herbeigeflehte Ende in der Klinik noch tief bereuen.

Am Morgen des Entlassungstages hatte er noch zufrieden ein gutes Frühstück zu sich genommen, danach war er mit einem neuen T-Shirt, einem komplett neuen Trainingsanzug und einem Paar Tennisschuhen aus Segeltuch von der Hospitalleitung ausgestattet worden und mit einem großzügigen Lunchpaket unter dem Arm fand er sich auf der Straße vor dem Eingangsportal wieder.

Erst jetzt fiel ihm auf, dass er es ganz und gar versäumt hatte, sich von den anderen zu verabschieden; aber es war ja doch egal, er würde sie ja ohnehin nie wieder sehen; und dann hatten sie ihn auch nicht gemocht, weil er ein Straßenkind war, und zu denen wollte man Abstand haben, obwohl die meisten auch nicht viel besser dran waren als er.

Ein kühler Windhauch riss ihn aus seinen Gedanken. Ein wahres Glücksgefühl durchströmte ihn jetzt, endlich wieder draußen zu sein, frei zu sein. In seiner Euphorie hätte er fast den Rat des Arztes vergessen, sein Bein so lange und so oft als möglich zu schonen, und wäre um ein Haar vor Freude in die Luft gesprungen. Dann machte er sich davon, noch bevor es jemandem einfallen konnte, ihn zurückzuhalten.

Hier in diesem ruhigen Wohnviertel, von dem das Krankenhaus umgeben war, kannte sich Nei überhaupt nicht aus, stand daher an dem großen schmiedeeisernen Tor, das das Klinikareal umgab, für einen Moment unschlüssig da, schaute die vor ihm liegende Straße hinauf, dann die Straße hinunter und entschied sich letztendlich, die vor ihm einmündende Straße nach dem Motto *Immer gerade aus, kommt man auch irgendwo an* hinunter zu humpeln. Dabei legte er hin und wieder da und dort eine kleine Pause ein, um sein Bein zu schonen.

Eine piekfeine Gegend war das hier, musste er anerkennend zugeben. Überall standen meist zweistöckige Einfamilienhäuser mit großen verglasten Fenstern, einer geräumigen Veranda und immer einem Portal ähnlichem Eingang. Vor jedem Haus dann ein großer Garten mit bunten Blumen, Ziersträuchern und einer kurz gehaltenen Rasenfläche in sattem Grün dazwischen. Umrahmt wurde das Ganze dann von einem hohen schmiedeeisernen Zaun oder einer Mauer, die jedem neugierigen Betrachter den Blick dahinter verwehren sollte. Über all diesem lag der Duft der sich im sonnigen Morgenlicht öffnenden Blütenpracht und das liebliche Gezwitscher vieler sich im Schatten der Bäume Schutz suchenden Piepmätze.

Da er ja alle Zeit der Welt hatte und nirgends erwartet wurde, schaute er sich die Gegend genauer an; auch die Menschen, die hier lebten. Die meisten, die er um diese Zeit zu sehen bekam, waren ohnehin nur Hausangestellte oder ein paar schon ältere Schüler, die sich alleine oder paarweise auf dem Weg befanden. Die kleineren Kinder wurden von dem Dienstmädchen oder, wenn vorhanden, dem Kindermädchen in die nahe gelegene Schule oder den Kindergarten gebracht. Da und dort beobachtete er den livrierten Chauffeur, der - bereits ungeduldig am herrschaftlichen Fahrzeug stehend – bereit war, seinen Arbeitgeber ins Büro oder die Dame des Hauses zum Frisör oder ganz nach Wunsch zum Einkaufsbummel in die Stadt zu bringen, während das Hauspersonal die Wohn- und Schlafräume auf Hochglanz brachte und bis zur Mittagszeit obendrein etwas Leckeres auf den Esstisch zauberte. Wer nicht im Haus zu tun hatte, der beschäftigte sich im Garten oder reinigte den hauseigenen Swimmigpool. Es geschah in aller Ruhe, keine Hektik, keinen Lärm, kein Gestank nach Benzin und Auspuffgasen oder nach Kloake, keine laute Musik, kein Geschrei von Kindern, geifernden Weibern oder besoffenen Männern, keine bis aufs Skelett abgemagerten, von Flöhen aufgefressenen Straßenköter, keine sich im Dreck suhlenden Schweine und keine sich auf den Dächern herumtreibenden liebestollen Katzen. Er war beeindruckt!

Es war eine andere Welt, durch die er jetzt humpelte und an der er sich nicht satt sehen konnte. Im Gegensatz zu der Welt, die er kannte, war das hier das viel gepriesene Paradies auf Erden. So ein Haus, so ein Garten, so ein Leben: das war es, was sich Nei vom heutigen Tage an auch für sich erträumte.

Jetzt aber machte er sich erst einmal Sorgen darüber, wohin? Da ihm im Augenblick nichts Besseres als sein Verschlag unter der Hallenrampe einfiel, humpelte er Richtung Strand. Dieser lag im Süden der Stadt. Anhand des Sonnenstandes und der Tageszeit konnte er die Richtung festlegen, in die er zu gehen hatte. Nach einer langen und anstrengenden Humpelpartie erreichte er die dem Strand nahe gelegene Stadtseite. Dann bewegte er sich auf der Strandpromenade der Stadtgrenze zu und an der Küste entlang bis hin, wo die verlassene Halle stand und nur auf ihn zu warten schien.

Während er sich - immer wieder ein Pause einlegend - auf die Stellung der Küstenartillerie zubewegte, stellte er sich heimlich vor, in welchem Zustand er seinen Verschlag wohl vorfinden würde. Hoffentlich hatte diesen kein anderer in Besitz genommen, was durchaus möglich wäre bei der hohen Zahl der Obdachlosen und der langen Zeit seiner Abwesenheit wegen, die vergangen war. Daher schien es recht ungewiss, ob er weiterhin dort wohl Unterschlupf finden konnte. Rechte auf Besitzansprüche hatte Nei ja nicht. Obendrein quälte ihn auch die Frage, was mit seinen Sachen, seine Kleidern und dem Geld geschehen war. Letzteres, das er dort versteckt hatte, das konnte er jetzt gut gebrauchen, aber auch seinen Schlafplatz. Er würde ihm doch sehr fehlen!

Wenn nicht, musste er sich eben etwas Neues suchen, was ihm zur Zeit doch recht ungelegen käme. Es war ja auch schon anstrengend genug für ihn gewesen, den Weg bis hierher zurückzulegen; und nun hatte er keinen Bock darauf, groß in der Weltgeschichte herumzuwandern. Zu seinem Erstaunen - aber auch mit Erleichterung - konnte er feststellen, dass zwar während seiner Aussenz jemand dagewesen war und in seinen Sachen herumgewühlt hatte, jedoch nichts von seinen Habseligkeiten fehlte. Nur das Versteck, in dem er sein Geld aufbewahrt hatte, das war leider leer.

Das konnten nur die Soldaten der Marine gewesen sein, die sein Versteck gefunden und ausgeraubt hatten. Jeder andere hätte auch die Kleider mitgenommen, zumal es sich ja um sogenannte Markenbekleidung handelte. Welchem Pivetinho ging es so gut, dass er es sich erlauben konnte, auf ein fast neues T-Shirt, eine Hose, aber besonders jedoch auf ein Paar Tennisschuhe von Nike zu verzichten? Und die, so hatte es zumindest der fliegende Händler beteuert, waren echt.

Wie viele Kinder und Jugendliche wurden jeden Tag alleine in den Großstädten dieses Landes überfallen und ihrer Markenbekleidung wegen beraubt, geschlagen, ja manches Mal gar erschossen. Es klingt absurd, aber es ist wahr: ein Menschenleben gegen ein Paar Schuhe!

Das alles nur, weil die Werbung dem Verbraucher suggeriert, es müsse etwas Besonderes sein, das einen besonderen Menschen ausmacht. Und um ein solcher zu sein, muss man auch bezahlen können, auch wenn es einen hohen Preis kostet. Die Hauptsache, der oder die Unternehmer, der oder die Anleger, haben ihren Gewinn gemacht. Sie sind bereit, für diesen Gewinn gar das Leben ihrer eigenen oder das Leben anderer Kinder zu riskieren, natürlich ungewollt; und wenn es dann doch passiert, dann wird der Ruf nach Vergeltung laut. Vergeltung, eigentlich praktiziert an den Opfern und nicht an den Tätern.

Sie sind es, die ihre gelebte Kultur als von Jesus Christus beeinflusst bezeichnen, mit Feuer und Schwert über die Lebensweise und Sichtweite anderer stellen; von der Liebe unter den Menschen sprechen, dabei jedoch jegliche Nächstenliebe über Bord werfend, mit viel Tamtam um einen gemachten Spendengroschen ihr Gewissen beruhigen und so tun, als wären sie die Güte in Person. Sie, die sich dem Prunk, dem Geglitzer, der Macht des von ihnen verehrten Teufels, des Bösen, hingeben. Lug und Trug, Mord und Totschlag, Hunger und Not, Leid und Pein gehen mit ihnen auf dieser Welt einher und alles im Namen Gottes.

Trauriger noch ist die Tatsache, dass sie sich von Gott auserkoren bezeichnen, dessen Wille unter die Menschheit zu bringen. Überall und jeden Tag öffnet sich so irgendwo in diesem Land eine neue Tür zum Himmelreich und angetrieben von dem Traum, eine Mission zu erfüllen, predigt einer oder eine in selbstgefälliger Weise – angeblich vom Geist des Herrn beflügelt – Worte, die in der Bibel stehen, ohne über deren Sinn oder auch Unsinn zu reflektieren.

Wehe dem, der auch nur ein Wort davon in Zweifel zieht, was in dem schwarzen Buch - dem Buch aller Bücher – geschrieben steht. Er wird sogleich den Zorn derer, die da glauben, alles zu wissen, mit aller Härte und deren

Unbarmherzigkeit spüren. Es wird jedem Zweifler sofort unterstellt, er hätte sich von Gott abgewandt; aber ist es im Grunde nicht eher der Zweifel an denen, die uns missionieren wollen? Sie, die darüber reden, wie wir uns verhalten sollen, um hernach genau das Gegenteil zu tun. Es stört sie nicht, wenn neben ihnen ein Kind im Dreck liegt und womöglich verhungert, während sie so viel haben, um es fortwerfen zu können.

Es ist traurig, wenn man solche *Menschen* zur raça humana zählt und sich diese sich obendrein noch als Christenmenschen oder gar als gottesfürchtig bezeichnen können. Sie, die obendrein die Regeln des Zusammenlebens, die Bezeichnung von Gut und Böse definieren; festlegen, wer und was vor Gottes Urteil besteht. Wie viel Ignoranz und wie viel Arroganz gehört doch zu solch Verhalten? Wie viel Dummheit gehört auf der anderen Seite dazu, sich von ihnen widerstandslos verführen zu lassen. Wie kann sich nur ein doch normal sterblicher Mensch anmaßen, darüber zu entscheiden, was gottgefällig ist oder nicht. Und dass auch noch er, nur er, Gottes Vertreter auf dieser Welt sei. Niemand, kein Mensch, hat der Bibel nach das Recht zu bestrafen; aber das Recht, nachzudenken und sich zu distanzieren, das haben wir wohl. Wer das jedoch nicht tut, sondern den leichten Weg geht, mit den Wölfen heult, der muss auch damit rechnen, dass er von den Wölfen gebissen wird.

In dieser praktizierten Arroganz und Ignoranz liegt das ganze Problem der Verachtung des Lebens überhaupt. Wir produzieren, kaufen, verkaufen immer mit dem Ziel, etwas mehr daran zu verdienen; anders hätte das ganze Spiel ja doch auch keinen Sinn. Aber überall, wo es Gewinn gibt, da gibt es auch Verlust. Der Gewinner bekam

Macht, dem Verlierer blieb die Ohnmacht. Natürlich war das Bestreben aller Beteiligten, bei diesem Spiel zu gewinnen; doch war die Zahl der Glücklichen, der Erfolgreichen klein; dafür die Zahl derer, die glaubten und hofften, Glück zu haben, groß. Die wahren Verlierer: das waren die, die nichts hatten; nicht einmal einen Platz, um tot umzufallen.

Über solche Dinge machte sich Nei heute noch keine großen Gedanken, wie so viele andere Zeitgenossen auch. Für ihn war der immer und immer wieder knurrende Magen das ganze Problem und so setzte er sich erst einmal hin und fiel mit Heißhunger über sein Lunchpaket her. Zwar hatte er sich vorgenommen, es einzuteilen; aber der Hunger ließ ihn all seine guten Vorsätze vergessen und noch bevor ihm diese wieder einfielen, war es schon zu spät. Es blieb nichts übrig, um einzuteilen. Ja, bis zum letzten Krümel hatte er die Tüte aus braunem Packpapier geleert, so groß war sein Appetit gewesen. Immerhin hatte er einen recht langen Heimweg hinter sich gebracht und viel Bewegung macht eben hungrig.

Nachdem er gegessen hatte, ging er runter an den hier menschenleeren Strand und warf sich in die Wellen. Im Wasser erst spürte er, wie gut es seinen Knochen tat; und so suchte er auch in der folgenden Zeit immer die Gelegenheit, täglich im Meer zu baden. Ansonsten strolchte er durch die Stadt, bettelte mal hier, mal da; fand zeitweise Arbeit in einem Supermercado als Helfer, indem er den Kunden half, den gemachten Einkauf in dafür ausgelegte Tüten zu verpacken und diese ans Fahrzeug oder aber mit dem Einkaufswägelchen in deren Residenz zu bringen. Gemächlich, mit dem Verständnis der Kunden rechnend; ohne große Hast, um seine langsam heilenden Knochen zu schonen. Bei dieser zeitlich begrenzten Tätigkeit konnte er sich ein paar Cruzeiros verdienen, um damit seinen Lebensunterhalt zu bestreiten, doch danach kam eine gewaltige Durststrecke. Diese war so gewaltig, dass Nei sogar von dem Recht des Mundraubes gebrauch machte.

Durch seine häusliche Erziehung waren ihm anfangs noch Hemmungen auferlegt, die er dann jedoch durch das immer stärker werdende Zwicken im leeren Gedärm über Bord warf. Auch wenn er wollte, er konnte sich einfach nicht zurückhalten. Überall, wo man durch die Strassen ging, reihte sich fast immer eine Imbissbude an die andere, dazwischen eine Bäckerei; überall kleine Stände, an denen frittierte, gefüllte Teigtaschen - Esfiha genannt - oder Kibe, Empada, ja sogar gegrillte Fleisch- und Garnelenspieße zu einem recht billigen Preis angeboten wurden. Alles war so billig, doch andererseits gab ihm niemand auch nur einen Cruzeiro, damit er sich - jetzt nach Tagen des Hungers - etwas von dem Guten hätte kaufen können. Was nutzte es ihm, wenn diese Dinge so billig waren, er aber keinen einzigen Centavo in der Tasche hatte. Für ihn war es jedes Mal eine Tortur, dieser Geruch; dieser einladende, verführerische Duft, der ihm das Wasser im Mund zusammentrieb.

Anfangs noch schaute er den Leuten auf den Mund, wenn sie, die es sich leisten konnten, sich das saftige appetitliche Zeug genüßlich zwischen die Lippen schoben und mit vollen Backen kauten und kauten. Bald schon gewöhnte er sich diese Selbstgeißelung ab, denn er fühlte sich unwohl, hatte außer dem bereits erwähnten Magenzwicken auch noch Kopfschmerzen und gelegentlich wurde ihm schwindelig. Dann jedoch geschah es. Es war ganz automatisch viel leichter, als er sich es gedacht hatte - wie von Geisterhand - und er verschlang den Kibe auf einen Bissen aus Angst, dieser könne ihm von dem ihn mit großen Augen ungläubig anschauenden, mit offenem Mund dastehenden Verkäufer wieder aus der Hand gerissen werden. Der arme Kerl, er schluckte jetzt mehr, als es Nei tat, um dieses original aus Nordafrika stammende, aus Hackfleisch, Gerste und mit Pfefferminze gewürzte, an den Enden zugespitzte gebratene Küchle hinunterzuschlingen. Hm! Wie gut!

Irgendwie tat ihm der Verkäufer leid, denn um den Verlust wieder wettzumachen, musste er 10 von diesen Dingern verkaufen. Und nachdem Nei auch den letzten Krümel geschluckt hatte, bat er den Mann um Entschuldigung. Er versuchte, diesem den Grund zu erklären; der aber hatte keinerlei Interesse, sich irgendwelche Gründe anzuhören. Er war zu verärgert, dachte wohl an den Verlust, den er soeben hatte hinnehmen müssen - den finanziellen als auch den zeitlichen. Auch als Nei ihm hoch und heilig versprach, den Kibe später zu bezahlen, sobald er etwas Geld aufgetrieben hatte, konnte ihn nicht besänftigen. Dieser hörte solche Geschichten wohl des Öfteren. Es gab eben zu viele Arme, zu viele Hungrige in diesem Land; jeden Tag starben Tausende, weil sie nichts zu essen hatten, während große Plantagenbesitzer mitunter die gesamte Ernte vernichteten, um den Marktpreis zu erhöhen bzw. diesen oben zu halten. Ja, ganz schlimm war es droben im Nordosten dieses riesigen Landes – im Sertão: einer Gegend, in der es nur Dornengestrüpp und Sandwüste gab. Dort mussten sich die Menschen notgedrungen von Schlangen und Ratten ernähren.

Von ausländischen Entwicklungsdiensten gebohrte Brunnen lagen inmitten der riesigen blühenden Fazendas alteingesessener Familien, die dann zu allem Elend aus dem lebensnotwendigen Naß noch ein für sie lukratives Geschäft machten, indem sie mit Tankwagen von Haus zu Haus fuhren und das Wasser literweise veräußerten - ganz gegen den eigentlichen Sinn dieses mit ausländischen Steuergeldern finanzierten Projektes. Weiterhin standen in dieser ganzen Region riesige Lagerhallen, gefüllt mit zigtonnen aus den USA, Europa und Asien gespendeten Hilfsgütern, die im Laufe der Jahre verrottet sind, weil sie niemand fand, der sich für die Verteilung bereit erklärte oder dies gar beabsichtigte.

Das war das Resultat einer einseitigen Wirtschaftspolitik auf der einen Seite, auf der anderen Seite die Gier nach Geld. Die Vetternwirtschaft, die Korruption, die traditionellen alteingesessenen Familien und die Emporkömmlinge der Neuzeit; gemischt mit dem falschen Optimismus eines Volkes, das bis zum Halse in der Scheiße steckt und doch die Hoffnung und den Glauben nicht aufgibt, dass es besser werden könnte; dabei steigt die stinkende Kacke immer weiter an, steht ihnen schon bis zur Oberkante Unterlippe und was machen die? Die schlucken und schlucken.

Amanha vai melhorar! Ja, morgen wird alles besser. Diese Parolen hört man immer und überall, jeder wartet und niemand tut etwas. Gott ist Brasilianer, er wird uns nicht im Stich lassen. Sie lachen und machen Witze über sich selbst, so auch diesen: *Warum geht ein Brasilianer hinter einem anderen mit gesenktem Kopf durchs Land? Weil er sich schämt? Nein, er schaut, ob sein Vordermann nicht gerade einen Cruzeiro verloren hat!* Aber dieser

Witz beschreibt die traurige Realität. Jeder hofft sein Glück zu finden und auch wenn es das Unglück seines Nächsten ist. Schlechter, wie es ohnehin schon ist, kann es gar nicht mehr werden. Denkste!

Nachdem Nei den Salgadinhoverkäufer nicht davon überzeugen konnte, dass er es ehrlich meinte, machte er sich aus dem Staub, noch bevor es sich dieser anders überlegen konnte und tätlich wurde. Jedoch häuften sich im Laufe der nächsten Zeit solche Übergriffe auf das Eigentum anderer. Wenn man einmal die Hemmschwelle überschritten hatte, dann war es ein Leichtes. Auch traf dies auf Nei zu. Auch er hatte trotz seiner christlichen Erziehung das Gebot *Du sollst nicht stehlen* mißachtet. Anfangs hat man noch ein schlechtes Gewissen, aber das legt sich mit der Zeit.

Was Nei noch nicht aufgefallen war, war die Tatsache, dass er schon eine ganze Zeitlang bei seinem Treiben aus hellwachen Augen beobachtet wurde und sein fast tolpatschig zu nennendes Verhalten manches Mal ein mitleidiges Lächeln bei seinem Beobachter hervorrief.

Serginho, ein 15-, fast 16-jähriger schlanker Junge mit blondem Haar, heller Hautfarbe, stahlblauen Augen, einer Boxernase und vor nicht allzu langer Zeit noch Schüler in einer Art Klosterschule, war der Beobachter.

Serginhos Eltern waren sehr gläubige Menschen gewesen und hatten die Kirche zu jeder Zeit und bei jeder Gelegenheit unterstützt. Während einer Geschäftsreise wurde ihre Limousine von einem Lastwagen, dessen Bremsen versagt hatten, von der Straße gedrängt und stürzte einen recht tiefen Abhang hinunter. Der Vater war sofort tot gewesen. Die Mutter wurde noch mit schweren Verletzungen ins Krankenhaus eingeliefert. Von den Ärzten und ihren medizinischen Künsten aufgegeben lag sie im Sterben. Die hochgläubige Frau, besorgt um ihr Seelenheil und um die Zukunft ihres Kindes, vermachte der heiligen Kirche das gesamte Vermögen. Besorgt um ihren Sohn wendete sich seine auf dem Sterbebett liegende Mutter dann an den Pastor; flehte diesen an, sich doch um ihren kleinen Sohn zu kümmern, was ihr dieser auch hoch und heilig versprach. Schon von frühen Kindestagen an war er so durch diesen tragischen Verkehrsunfall Vollwaise und aufgrund der Bitte seiner geliebten Mutter in einem Internat aufgenommen worden, wo man sich um ihn kümmerte, ein der katholischen Kirche angehörendes Internat. Die dort tätigen Lehrkräfte waren Ordensbrüder und Ordensschwestern. Der spätere Unterricht war ganz auf das Glaubensbekenntnis aufgebaut, immer und immer von Gebetsstunden unterbrochen. Es war, als sollte dieses monotone, immer wiederkehrende Ritual die dort lebenden Schüler für eigene Gedanken abstumpfen und sie der im Hause herrschenden Disziplin gegenüber aufnahmebereiter machen. Wenn nicht durch Einsicht, so durch harte Strafen. Sie predigten Wasser und tranken den Wein.

Als Serginho in ein gewisses Alter kam, in dem er des Nachts mit feuchtklebriger Pyjamahose und einem steifen Schwanz aufwachte, da fingen die Ordensleute an, ihm gegenüber von der Fleischeslust und der Enthaltsamkeit zu sprechen. Es war auch zu jener Zeit, als einer der jungen Ordensbrüder anfing, sich ganz besonders um Serginho zu kümmern. Schon die für ihn noch gar nicht klare Situation, in der er sich befand, war ihm peinlich und machte ihn obendrein unsicher. Er befand sich, ohne zu verstehen, im Alter der Pubertät. Eine schwierige Zeit! Zu seiner Unsicherheit kam hinzu, dass er sich schämte und das Gefühl hatte, jeder könne es sehen, dass etwas an ihm anders war.

Mit dem laufend an ihm rumfummelnden Ordensbruder, der ihn mit einem Blick beobachtete, so als wolle er ihn im nächsten Moment auffressen, wurde sein Schamgefühl, aber auch seine Unsicherheit von Mal zu Mal grösser. Auch wurde es ihm von Tag zu Tag peinlicher. Kaum hatte er sich umgedreht, stand dieses geile Arschloch von Ordensbruder hinter ihm und drückte sich an ihn heran. Absolut nichts konnte Serginho tun, ohne dass dieser Typ in seiner Nähe war. Ging Serginho in sein Zimmer, dauerte es auch nicht lange, war sein Schatten, wie er ihn nannte, auch schon da. Ging er auf die Toilette, kam der Schatten auch herein.

So geschah es, dass Serginho eines Abends heimlich in den Gemeinschaftsduschraum schlich, weil er glaubte, jetzt um diese Zeit vor dem Übergriff dieses schwulen Bruders sicher zu sein. Doch als er alleine unter der Dusche stand und gerade beim Einseifen seines Körpers war, kam sein Schatten herein. So, als sei es der zufälligste Zufall der Welt, kam er in den Duschraum, stand dann nackt vor ihm und befriedigte sich selbst, während sich seine Augen auf Serginhos Unterleib festsaugten. Dann löste sich der geile Blick und suchte Kontakt mit den Augen des wie vom Blitz getroffen dastehendem Jungen. Als er jetzt nach Serginho greifen wollte, rannte dieser – splitternackt, so wie er war - in panischem Entsetzen aus dem Duschraum hinaus, den Flur hinunter und - ohne anzuklopfen, Schutz suchend - in das Kabinett des Internatsleiters hinein.

Da stand er nun in dem abgedunkelten, nur durch den dezenten Schein einer Stehlampe erleuchteten, mit schweren Ledersesseln und Holzmöbeln aus wertvollem Material ausgestattetem Raum. Da stand er anscheinend ganz alleine und bemerkte mit Entsetzen, dass er ja splitternackt war, naß und eingeseift obendrein. Beschämt darüber auf der einen Seite und froh auf der anderen Seite, dass er jetzt den Prior nicht angetroffen hatte, wollte er sich gerade - eine Wasserpfütze auf dem Boden zurücklassend - aus dem luxuriösen Büro schleichen, als er zusammenzuckte, wie vom Blitz getroffen auf der Stelle stehen blieb und angestrengt nach dem Geräusch lauschte, das aus der hinteren Ecke im völligen Dunkel des Raumes kam. Oh Gott, ihm wurde warm und kalt, denn er war nicht – wie angenommen - alleine!

Es war ein gurgelndes, grunzendes Geräusch; dann ein weibliches Kichern, übertönt von der tiefen Bassstimme des Priors, der die jetzt nackte, vor ihm kniende Ordensschwester anflehte, weiter zu machen. Mit großen ungläubigen Augen beobachtete Serginho, was sich da zutrug. Die letzten Wochen und Monate hatte er immer und wieder von der menschlichen Fleischeslust gehört, dass sie zur göttlichen Prüfung gehöre und der man widerstehen müsse, wann immer sie einen in Versuchung führen sollte. Und jetzt das hier. Er konnte nicht fassen, was er da sah. Da kniete diese sonst so strenge, unnahbar scheinende, auf Zucht und Ordnung Wert legende, fast hochnäsig zu nennende Ordensschwester vor diesem alten geilen Bock und hatte dessen Schwanz fast bis zum Anschlag im Mund und blies ihm den Marsch, während er sich mit hartem Griff in ihrem jetzt losen Kopfhaar festhielt. Als Serginhos Blick an der nackten Frau herunterglitt, blieben seine vor Erstaunen immer größer werdenden Augen auf den riesigen Titten hängen, diesem jetzt schon wieder mit einem lautem Grunzen und Gurgeln schluckendem Weib.

Bis zu diesem Augenblick waren beide mit einander so beschäftigt gewesen, dass sie die Anwesenheit eines Beobachters gar nicht wahrgenommen hatten. Wer von den drei sich jetzt gegenüberstehenden, völlig nackten Personen am meisten erschrak, blieb und bleibt wohl für alle Zeiten ungeklärt. Noch bevor es zu irgendeiner Reaktion von Seiten des Internatsleiters kommen konnte, hatte Serginho auf stehendem Fuß kehrtgemacht und war aus dem Raum in seinen Schlafsaal geflüchtet. Das Gefühl einer maßlosen Enttäuschung machte sich in ihm breit. Dieses verlogene, scheinheilige Pack: sie waren daran schuld gewesen, dass er in dieser Nacht keine Ruhe fand, sondern sich von einer Seite auf die andere wälzte, dabei das Bild der nackten Ordenschwester mit den dikken Titten vor sich hatte; darüber nachdachte, an wen er sich in seiner Not wenden und um Hilfe bitten konnte. Er betete inbrünstig in seinem kindlichen Glauben zu Gott und bat diesen um Hilfe und Schutz vor dem aufdringlichen Ordensbruder, für den er keine Lust hatte, den Arsch hinzuhalten.

Am nächsten Morgen - noch bevor der übernächtigte und daher unausgeschlafene Junge mit den anderen Schülern in den Speiseraum zum Frühstücken eintreten durfte -, wurde er in das Kabinett des Internatsleiters gerufen, wo ihn dieser mit strengem, ja bösem Blick - hinter dem Schreibtisch sitzend - empfing. Da stand er nun ganz alleine, sich mickrig klein vorkommend in dem großen Raum, der von Macht und Autorität nur so strotzte; dem Mann gegenüber, an den er sich hilfesuchend hatte wenden wollen und der sich jetzt - seiner eigenen Schuld bewusst - auf die niederträchtigste Art und Weise revanchierte. Mit leerem Magen wurde Serginho bis auf weiteres in den Keller gebracht, wo er in einer kleinen, nur spärlich durch ein winziges Oberlicht am Tag erhellten Zelle darüber reflektieren sollte, warum es angebracht sei, an die Tür zu klopfen, in die man eintreten wolle. Wieder einmal war hier das Opfer und nicht der Täter bestraft worden. Nein! Wie im richtigen Leben sind es die Täter, die auch noch das Recht sprechen.

Jetzt mußte er hier unten in dem feuchten, kalten Kellerraum sitzen; eine Strafe abbüßen für eine Tat, die nicht er begangen hatte. Serginho nutzte die zwei Wochen, die er im Loch saß, um darüber nachzudenken, wie er seine Zukunft außerhalb dieser Anstalt gestalten wolle. Wenn er auch zu keiner konkreten Vorstellung über sein künftiges Leben kam, eines jedoch war ihm heute schon so klar wie das Amen in der Kirche: hier in diesem Sündenpfuhl würde er auf keinen Fall länger bleiben als irgendwie notwendig.

Nachdem zwei Wochen vergangen waren, wurde er aus der Zelle heraus in das Kabinett des Internatsleiters gebracht, wo er erst einmal im Stehen über eine Stunde warten mußte; dabei die Hände auf dem Rücken verschränkt haltend, so wie es hier im Hause Sitte war. Immer und immer wieder streifte sein verstohlener Blick aus den Augenwinkeln heraus die sich nur langsam bewegenden Zeiger der großen Standuhr, deren Ticken den Raum erfüllte. Dazwischen war nur das Kratzen des Federhalters auf Papier zu hören.

Dieses Aas!, dachte Serginho jetzt bei sich und sein letzter Rest von Achtung, die er vor diesem Mann gehabt hatte, schwand nun gänzlich. Wenn der oberste Ordensbruder hier im Haus nur ein klein bisschen Demut gezeigt und sein eigenes Fehlverhalten eingesehen hätte, die Lebensgeschichte von Serginho - aber auch die von vielen anderen Menschen, denen er noch begegnen sollte - wäre anders verlaufen.

Aber was will man von Menschen, die sich als fehl- und tadellos halten und gehalten werden, anders erwarten. Es würde ihnen niemals einfallen, sich und ihr Handeln selbstkritisch nach außen hin zu betrachten; alleine schon, weil es von der tragenden Masse nicht gewollt ist. Aus Angst, vor den Augen ihrer Kritiker nicht zu bestehen, und um ihre Sonderstellung, die sie erreicht und an die sie sich mittlerweile gewöhnt haben, nicht zu verlieren, tun die Auserwählten alles, um Nachteile in ihrem persönlichem Umfeld zu verhindern. Aber auch, um denen , die an sie glaubten, das Gefühl der Enttäuschung zu ersparen.

Eine große Mitschuld trifft daher alle, die der Ansicht sind, der eine oder andere Mensch sei etwas Besonderes. Durch dieses dumme, verantwortungslose, von uns gemachte Hervorheben eines Mitmenschen, ihn über Alle und Alles zu stellen, nehmen wir diesem das Recht, zu uns zu gehören. Wir sind es, die ihn aus unserer Mitte verbannen; ihn auf ein von allen einsehbares Podest stellen, um ihn letztendlich mit unseren kleinkarierten Moralvorstellungen zu beurteilen. Wir - ganz alleine wir - sind es, die ihnen das Recht geben, ja es ihnen regelrecht aufzwingen zu glauben, sie seien unfehlbar, sie seien der Nabel der Welt. Und wenn sie aus ihrer von unseren Gnaden verliehenen Vormachtstellung auf uns herabsehen und das Gefühl für unsere Sorgen und Nöte nicht teilen, dann wenden wir uns von diesen unseren Opfern kurzerhand ab.

Natürlich genießen sie alle die Vorzüge und Sonnenseiten ihrer Vormachtstellung, das zeigt uns eben auch, wie viel Mensch sie sind. Wir alle, bis auf ganz wenige Ausnahmen, würden uns ebenso verhalten. So war das auch im Falle des Vorstehers des Internats, der etwas ganz Menschliches getan hatte, aber es nicht hätte tun dürfen und nun mit plumper Gewalt aus Unrecht Recht schaffen wollte.

Da stand er nun nach mehr als einer Stunde regungslos immer noch mitten im Raum, spürte ein Kribbeln in den Beinen und ein leichtes Brennen unter den Fußsohlen; aber er wagte sich nicht zu rühren, als der etwas rundliche Mann mit dem Rotbäckchengesicht dann endlich den Kopf hob und ihn über seine dunkle Hornbrille hinweg mit eindringlich bösem Blick ansah und ihn mit strafender Stimme fragte: *Was hast du mir zu sagen?*

Was?!? Er glaubte nicht richtig zu hören.

Wenn Serginho alles, aber auch alles erwartet hatte: nur diese Frage, die kam jetzt doch für ihn recht überraschend. Was sollte er denn zu sagen haben? Hätte jemand eine Erklärung abzugeben, so war es doch nicht er! Wer redete denn immerfort von der Sünde und von der verbotenen Fleischeslust? Wer war es denn, der den Internatsschülern auf den Pelz rückte und sich an ihnen rieb? Wer war es denn, der sich von der Frau Oberin hatte einen blasen lassen?

Die zu kleinen Schlitzen gepressten Augen, die ihn tief dringend beobachteten und seine geheimen Gedanken zu durchschauen versuchten, nahmen die Entrüstung im Mienenspiel des Jungen wahr. *Was du womöglich gesehen hast, das war nicht so*, versuchte sich der Internatsleiter jetzt aus der Affäre zu winden, seine Worte kamen stockend, gänzlich ungewohnt für ihn. *Weißt du*, sprach er, erhob sich umständlich hinter seinem Schreibtisch und kam jetzt auf Serginho zu, legte seine große Hand mit väterlicher Geste auf dessen Schulter und fuhr fort. *Weisst du: es gibt viele Dinge im Leben, die man nicht oder nicht richtig versteht; besonders, wenn man sich in deinem Alter befindet.* Jetzt machte er eine kurze Pause, um zu sehen, wie seine Erklärung aufgenommen wurde. Dann fuhr er fort: *Man sieht auch Dinge - besonders Dinge, die man nicht kennt, die man vorher noch nie gesehen hat - und man bildet sich einen falschen Eindruck. Verstehst du?*

Ja, und wie Serginho verstand. Während der Mann redete und redete, versuchte er einen unterwürfigen und zugleich verständnisvollen Eindruck zu machen, was dem

Redner nicht entging und sichtlich zufriedenstellte. Irgendwann dann war er überzeugt davon, dass von dem vor ihm stehenden Schüler keine Gefahr ausgehen würde und er entließ ihn, nachdem er dem Jungen das Ehrenwort abgerungen hatte, dass dieser sein Wissen für sich behalten würde, um auch und besonders der Frau Oberin Schmach und Schande zu ersparen, denn sie sei eine liebe, herzvolle Frau. Oh ja, dass diese Dame zwei große, dicke, wippende Herzen am rechten Fleck hatte, das war Serginho nicht entgangen.

Jedenfalls waren Serginhos Tage hier in diesem Gemäuer gezählt, er wartete nur auf die günstige Stunde, dann machte er sich aus dem Staube und hinterließ einen um die entgangene Liebesbeziehung mit einem ihm anvertrauten Kind trauernden Ordensbruder.

Nach seiner Flucht aus dem Internat fuhr Serginho per Anhalter nach Pato Branco und trieb sich dort in den menschenüberfüllten Straßen erst einmal, wie so viele andere Ankömmlinge auch, ziellos herum. So lernte er die für ihn neue Umgebung kennen. Bald auch hatter er sich einen Broterwerb beschafft. Zuerst nur tageweise bei einem Straßenhändler, bei dem er seine Fähigkeiten als Verkäufer entdeckte. Doch das fast wöchentliche Auftauchen der städtischen Kontrolleure nahm ihm letztendlich den Eifer, den er noch am Anfang seiner Tätigkeit verspürt hatte. Kein Wunder, denn jedes Mal, wenn sie auftauchten, dann gab es ein wildes Hin- und Herrennen. Jeder der unzähligen Camelos versuchte so viel seiner Ware als möglich vor dem Zugriff dieser im Volk verhaßten Strauchdiebe zu retten. So mancher in der unmittelbaren Nähe liegende Hauseingang wurde für den Zeitraum der Kontrolle als Versteck zweckentfremdet. Die

Waren stapelten sich vom Boden bis hinauf unter die Decke. Da war kein Durchkommen mehr möglich. Ganz zum Ärger der dortigen Hausbewohner, die sich während dieser Stunden als Gefangene in ihren eigenen Wänden fühlten. Doch was sollten sie machen? Wer sich über diese Zustände beschwerte, lief Gefahr, ein Opfer von Brandstiftung zu werden. Daher war Maulhalten angesagt, Maulhalten und abwarten. Waren die Kontrolleure erst einmal abgezogen, dann leerten sich auch die mit Beuteln, Taschen und Kartons überfüllten Hauseingänge und Treppenhäuser. Wer jedoch Pech gehabt und keinen sicheren Abstellplatz für sein Hab und Gut gefunden hatte, der war es jetzt losgeworden. So erging es nun auch zum wiederholten Male Serginho und dessen Arbeitgeber. Jedesmal war dabei auch der bereits eingenommene Tagesverdienst beschlagnahmt worden, ganz zum Ärger der beiden. Und nachdem der junge Blonde es leid war, für die städtischen Kontrolleure zu arbeiten, suchte er sich ein neues Betätigungsfeld, das er auch bald unter dem Kommando einer älteren Frau fand. Es war seine Zimmervermieterin. Er wohnte seit einigen Tagen bei ihr – genauer gesagt seit er seinem Chef, dem Camelo, gekündigt hatte. Da er bei diesem nicht mehr bleiben durfte, war er gezwungen gewesen, einen neuen Unterschlupf zu suchen. Diesen, aber auch seine neue Beschäftigung, hatte er dann hier bei dieser seiner Zimmerwirtin gefunden.

Ihr Spitzname war Vovo do Po – also die Oma des Staubes, was ja alles über den zukünftigen Broterwerb Serginhos aussagte. Das war das Ende des Lebens eines Normalbürgers und der Anfang einer Verbrecherkarriere. Vovo, wie alle die Chefin nannten, führte die Geschäfte ihres Enkels, der gerade mal wieder wegen des Verdachtes des Drogenhandels im Gefängnis saß. Solange er dort einsaß, führte sie die Geschäfte, da der Vater hierfür nicht geeignet war. Er war einfach nicht hart genug und das war überaus geschäftsschädigend. Da war die Oma doch von ganz anderem Holz geschnitzt. Wer sie nicht näher kannte, verwechselte die Frau leicht mit einer lieben und gütigen Oma aus dem Märchenbuch; wer jedoch geschäftlich mit ihr zu tun hatte, der lernte in ihr eine stahlharte, keinerlei Nachsicht übende Geschäftsfrau kennen. Sie tat alles nur für ihren über alles in der Welt geliebten Enkel. Ohne große Umschweife hatte sie Serginho auch gleich darauf angesprochen, ob er nicht Lust darauf hätte, sich ein wenig Geld zu verdienen? So ganz nebenbei, versteht sich. Von ihr lernte er im Laufe der Zeit eine ganze Menge. Alleine ihr Verhalten hinterließ großen Eindruck bei Serghinho und sollte fortan auch seinen Charakter prägen. Er war über ein Jahr in ihren Diensten, dann erreichte sie die Nachricht, dass ihr zur Entlassung anstehender Enkel im Gefängnis von Mithäftlingen ermordet worden war. Von diesem Tag an legte sie ihr ganzes Augenmerk auf die Suche nach den Mördern bis zu dem Tag, an dem sie dann drunten am Asphalt von einem Lastwagen überrollt wurde. Angeblich hatten die Bremsen des Fahrzeuges versagt. Der Sohn und Vater übernahm für kurze Zeit nur den Chefposten, bis man ihn von Kugeln durchsiebt im Straßengraben weit außerhalb der Stadt auffand. Danach übernahm Dr. Ananias das Kommando über den Ponto und auch über alle Mitglieder. Somit war er auch Serginhos Arbeitgeber geworden.

Jetzt stand Serginho wie teilnahmslos hier in Pato Branco auf der Straße herum und beobachtete den kleinen dunkelhäutigen Jungen mit dem halben Ohr, der da zwischen den Verkaufsständen herumlief und mit den Augen alles, was da angeboten wurde, verschlang, dabei sichtbar schluckte. Der Pretinho trieb sich schon mehrere Tage hier in der Gegend herum und stellte sich nicht gerade besonders geschickt an. Da waren die Kanalratten geschickter, die griffen blitzschnell zu und noch bevor der oder die Geschädigte reagieren konnten, waren sie schon in der Menschenmenge verschwunden. Die agierten meist auch zu zweit. Einer griff zu, übergab es an den Kumpan und dann verschwanden beide im Gedrängel der Passanten, um sich später dann an einem vorher ausgemachten Ort zu treffen, wo sie ihre Beute teilten.

Er aber bettelte, redete, versprach - jedoch ohne Erfolg; dann ging er zum nächsten, bis er es pardou nicht aushielt, zugriff und seine Beute vor den ungläubigen Augen des Bestohlenen gierig verschlang. Aber im Gegensatz zu den anderen Straßenkindern blieb der Pretinho stehen und versuchte hernach, seine Tat zu erklären, sein schlechtes Gewissen zu beruhigen, was ihn für Serginho sympathisch machte. Der Kerl war keine Kanalratte so wie die anderen Spitzbuben, die sich hier zu Tausenden herumtrieben und die Stadt tagtäglich aufs Neue unsicher machten.

Als Nei wieder mal mit vor Hunger knurrendem Magen zwischen den Händlern herumlief, sich noch nicht überwinden konnte, in eine der Auslagen zu greifen, um sich selbst zu bedienen, stieß er mit einem größeren blauäugigen Jungen zusammen, der den Zusammenstoß mit einem lauten *Hei!* quittierte. Das von Nei hervorgepresste *desculpe!* war kaum zu hören und der Jüngere der beiden machte einen schwachen, wackligen Eindruck. *Wie heißt du?*, wollte der Blonde jetzt von Nei wissen. Nachdem der Jüngere sich vorgestellt hatte, glaubte er seinen Ohren nicht zu trauen, denn der Blonde mit der Boxernase lud ihn zum Essen ein. Ja, einen ganzen Prato feito bezahlte er ihm.

Im Normalfalle hätte sich Nei bei einem solchen Angebot erst einmal bei dem Gastgeber erkundigt, was dieser im Gegenzug als Bezahlung für seine Spendierfreudigkeit von ihm erwartete. Doch zur Zeit befand er sich in einer Situation, in der er wirklich alles tun würde, um etwas zwischen die Zähne zu bekommen, um damit sein ihn so sehr peinigendes Hungergefühl zu töten. Er warf alle Vorsicht über Bord und akzeptierte die Einladung.

Nachdem Nei den Teller bis auf das letzte Reiskorn – keinen Anstandsrest zurücklassend - geleert hatte, wartete er darauf, was jetzt kommen müsste, jedoch wartete er vergebens. Nichts forderte der Typ mit den stahlblauen Augen, die ihn die ganze Zeit schon durchdringend beobachteten. Er hatte Nei in Ruhe essen lassen, geduldig abgewartet, bis dieser fertig gegessen hatte und dabei selbst eine kleine Coca getrunken. Als Serginho - so nannte sich der Kerl, der wie ein Alemão, also wie ein Deutscher, aussah - an die Theke ging, um zu bezahlen, dabei das Hemd - das er lose über die Jeans trug – anhob, um seine Geldbörse hervorzuziehen, sah Nei das mattschwarze Metall der Pistole im Hosenbund seines Gönners.

Sie – die Waffe - war nur für einen kurzen Augenblick, einem Bruchteil einer Sekunde nur, zu sehen. Aber dieser

Bruchteil einer Sekunde nur war ausreichend genug, um Nei den Schrecken bis ins Mark fahren zu lassen. Nicht, dass er noch nie eine Waffe gesehen hätte; aber die Tatsache, mit jemand an einem Tisch gesessen, ja von einem solchen eingeladen worden zu sein: das war es, was ein gewisses Unruhegefühl, einen Schrecken in ihm hervorrief. Von Haus aus wusste er, dass man sich von diesen Dingen als auch von deren Besitzern fernhalten sollte, denn in deren Nähe wartete der Tod.

Nei ärgerte sich jetzt über sich selbst, denn sein Schrecken musste sehr groß gewesen sein; so groß, dass man es ihm unschwer ansehen konnte; denn als Serginho bezahlt hatte und auf Nei zukam, stutzte dieser und fragte: *Was ist passiert? Nichts!*, beeilte sich Nei zu versichern; doch konnte er den Blonden – der ihn durchdringend anschaute - so einfach nicht überzeugen. Beide gingen dann gemeinsam ein Stück des Weges und Serginho erkundigte sich bei Nei, woher dieser kam und wo er sich zur Zeit aufhielt bzw. wohnte. Serginho stellte zwar einige Fragen, aber er war dabei mit seinen Fragen nicht aufdringlich. Und zum Schluss verabschiedete er sich von Nei mit einem festen Händedruck und den Worten *Vielleicht sehen wir uns wieder, bis dann! Tschau!* Und jeder ging seines Weges.

Mehrere Tage später schon trafen sich beide zum zweiten Mal. Zu Neis Leidwesen aber war es nur ein kurzes Zusammentreffen. Er trieb sich wieder einmal herum, hatte versucht, ein paar Cruzeiros zu verdienen, indem er seine Hilfe einigen Hausfrauen anbot, deren Einkauf nach Hause zu tragen. Aber es war nicht einfach für den hungrigen, verwahrlost aussehenden Jungen, einen vertrauenswürdigen, überzeugenden Eindruck zu machen.

118

Dieses Misstrauen der Menschen war berechtigt, denn die wirtschaftlichen Verhältnisse im Land waren für den einfachen Bürger noch nie besonders gewesen. Zur Zeit jedoch stand alles Kopf und jeder konnte eines der vielen, die Statistik sprengende und die immer stetiger steigende Zahl derer anwachsen lassen, die zu Opfern ihres Vertrauens wurden. Früher waren die Zeitungen voll von solch traurigen, herzergreifenden Berichten, in denen es um die tagtäglich größer werdende Zahl der Menschen ging, die aus Mitleid einem Kind gegenüber für ihre Hilfe überfallen und obendrein noch bestohlen worden waren. Meist handelte es sich bei den Opfern um ältere Leute, die eine angebotene Hilfe gerne in Kauf nahmen; bereit waren, im Nachhinein einen kleinen Obulus zu entrichten; froh, ihren Einkauf im Hause zu haben. Dies Übergriffe hatten sich herumgesprochen. Niemand traute niemandem mehr. Damit gab es nichts zu tun, aber auch nichts zu verdienen.

Jeder Tag, der so untätig verging, war ein Tag mehr, an dem Nei hungrig in seinen Unterschlupf verschwinden musste.

Jetzt aber traf er Serginho wieder, der sich gerade mit einem Mann - etwa 20 bis 30 Jahre alt – unterhielt, diesem mit harten, keinen Widerspruch duldenden Worten Anweisungen gab; Anweisungen, die Nei nicht verstehen beziehungsweise hören konnte, da der Sprecher diese mit einem bösen Blitzen in seinen Augen dem Mann zuzischte. Niemand außer dem Angesprochenen sollte davon wissen.

Viel Zeit verbrachten die beiden heute nicht und wenn Nei auch insgeheim gewünscht hätte, sein neuer Freund würde ihn zu etwas Essbarem einladen: er sah diesen Wunsch nicht in Erfüllung gehen.

Serginho hatte es besonders eilig, somit gab es nur ein kurzes Händedrücken und dann stand Nei wieder alleine im Gewimmel der an ihm vorbeieilenden Passanten herum, genauso hungrig wie vorher.

Seine Gedanken drehten sich zur Zeit nur ums Essen, aber wer schon einmal Hunger - so richtig Hunger – hatte, der wird sich vorstellen können, wie es in Neis Kopf aussah. In einer Woche hatte er einen Teller Reis mit Bohnen und eine Art Rindergoulasch zu sich genommen. Das war sein ganzes Essen, das Essen, zu dem ihn Serginho eingeladen hatte. Für diesen Tag noch musste Nei hungrig in seinen Unterschlupf krabbeln. Aber das sollte anders werden, so schwor er sich im Stillen.

Am nächsten Morgen machte er sich früh auf den Weg in den Hafen, hier wollte er versuchen, irgendeine Arbeit, irgendetwas zu finden, womit er Geld verdienen konnte, um sich etwas zu Essen zu kaufen. Die letzte Nacht hatte er kein Auge zugemacht vor Hunger. Der Hafen lag auf der gegenüberliegenden Stadtseite, etwa 5 – 6 km von seinem Unterschlupf entfernt. Für einen Hunger ausgemergelten Jungen ein recht weiter Weg.

Doch als er dort angekommen war und die in einer Menschenschlange stehenden Männer sah, verlor er fast den Mut, den er noch am Morgen aufgebracht hatte. Doch das Zwicken in seiner Magengegend und dieses Gefühl, als würde sein Gedärm ausgewrungen werden, ließ ihn sich an seinen Schwur erinnern und all seine Bedenken, er wäre zu schwach oder zu klein, über Bord werfen und unter dem überlegenen Grinsen der einen und dem offenen Gelächter der anderen reihte er sich am Ende der Menschenschlange ein. *Was willst denn du Dreikäsehoch hier?*

Arbeiten! kam die kurze Antwort. Hahaha! Ein lautes Gelächter hallte dem Jungen entgegen. Die Männer um ihn herum prusteten laut und hielten sich die Bäuche, dabei traten ihnen die Tränen aus den Augen. Nei staunte, hatte er eben hier einen Witz gemacht?

Stundenlang wartete er dann geduldig in der Hoffnung, Arbeit zu finden, um später niedergeschlagen mit gesenktem Kopf, enttäuscht und noch hungriger als zuvor in die Stadt zurückzuschleichen. Der Vorarbeiter hatte sich gerade mal 10 Männer ausgesucht, da er für heute nur wenige Leute brauchte, die die große Halle für die Ankunft einer neuen Schiffsladung aufräumen sollten. Er war nicht eimal bis zu Nei hingekommen, hatte ihn bestimmt noch nicht einmal gesehen. Ihn gar nicht ernst genommen, wie die hier Wartenden auch. Einfach vorgedrängt hatten sie sich, ihn immer weiter nach hinten durchgereicht, bis zum Ende der wartenden Schlange. Er war deprimiert, total mutlos.

Als Nei dann, auf dem Weg in die Stadt, an einer Bäckerei – aus der der Duft von frischgebackenem Brot durch die Luft zieht – vorbeikommt, kann er sich nicht länger zurückhalten. Er geht schnurstracks hinein, alle Angst überwindend tritt er hinter die Verkaufstheke, greift in den Korb mit den noch warmen, knusprigen Brötchen und verschwindet - unter den verdutzt schauenden Augen des jetzt ärgerlich aufschreienden Bäckers - aus dem Laden. Er windet sich unter dem Schatten einer nach ihm greifenden Hand hinweg, hastet über den breiten Gehweg zwischen den am Fahrbahnrand geparkten Fahrzeugen hindurch und rennt in den fließenden Verkehr hinein. Kreischendes Bremsgeräusch und wildes Hupen nimmt er nur wie im Traum wahr. Sein durch den Instinkt getriebenes Ziel ist es, die Beute zu retten. Mit Aufbietung all seiner Kräfte, pfeifendem Atem und Stechen in der Brust schaut er sich im Laufen nach hinten um, rennt dabei blindlings in die nächste Kreuzung hinein. Das Quietschen von blockierenden Reifen auf Asphalt, ein kurzer Huplaut und ein dumpfer Schlag gegen die Hüfte, dann schaut Nei auf den über ihm zum Stehen kommenden Kühlergrill eines Chevrolet. Da saß er - die beiden Brötchen noch fest umklammert in den Händen - und schaut verwundert die beiden älteren Autoinsassen an, die sich ihm gänzlich aufgelöst und besorgt nähern. Niemand dort aus der Bäckerei war ihm gefolgt. Welch Erleichterung!

Im Nu hatte sich an der Unfallstelle ein kleiner Kreis von Neugierigen angesammelt. Die meisten waren Gäste einer der Straße gegenüberliegenden Lanchonete. Gleich zwei der männlichen Gäste griffen dem Unfallopfer unter die Arme und folgten der Anweisung der Besitzerin dieses Schnellimbisses, Nei erst einmal auf einen Stuhl zu setzen, wo er sich von dem erlittenen Schock – von dem er selbst nichts spürte - erholen sollte.

Das ältere Ehepaar, ja noch unter der Schockeinwirkung stehend, war den besorgten Menschen hier um sie herum dankbar für die Hilfe; erkannte jedoch nicht die Absicht der Kneipenwirtin, aus diesem Geschehen ihren Nutzen in Form eines extra Verdienstes zu ziehen. Ohne die Eheleute zu fragen, brachte sie dem Verunglückten ein großes Glas mit eiskalter Coca Cola. Ihr war klar, wem sie diese Großzügigkeit auf die Rechnung setzen würde. Der ältere Herr - von seiner besorgten Frau dazu aufgefordert - bestellte gleich einen Teller mit Salgadinhos, der prompt gebracht und von Nei mit Heißhunger geleert wurde. Nachdem der Mann einen zweiten Teller mit Salgadinhos bestellt hatte und diese genauso schnell wie die davor servierten mit Gemampfe in dem nimmersatten Schlund des Jungen verschwanden, bekam er es wohl mit der Angst zu tun. Er sah in Gedanken schon eine sein Monatsbudget sprengende Rechnung auf sich zukommen und nahm mit sichtlich erleichtertem Gefühl das wilde Geheule von mehreren Autohupen wahr, die ihn darauf aufmerksam machten, dass sein Fahrzeug ja immer noch an der Unfallstelle stand und den nachfolgenden Verkehr behinderte. Schnell - noch bevor jemandem hier im Hause oder in der Menge der Gaffenden ein Grund einfallen könnte, ihn an der Weiterfahrt zu hindern – beglich er die Rechnung, drückte Nei zwei 5-Cruzeiro-Noten in die schmutzige Hand, schob seine Frau eilig hinaus und fuhr gleich darauf – erleichtert, so billig entkommen zu sein - mit seinem Chevrolet davon.

Wenn Nei von den Schmerzen, die er jetzt in der Hüfte spürte, absah, so war aus diesem anfangs verkorksten Morgen doch noch ein recht erfolgreicher Tag geworden. Er fühlte sich wie ein Sieger, hatte gegessen, hatte getrunken und es befanden sich obendrein noch 10 ganze Cruzeiros in seinem Besitz, die zwei Brötchen nicht zu vergessen. Das alles wegen eines lumpigen Unfalls. So etwas könnte ihm jeden Tag passieren, dachte er zufrieden. Was ihm nicht gefiel an der ganzen Geschichte, waren die Schmerzen, die er erst später bemerkte; dann nämlich, als er sich hochrappelte, um zu gehen. Einige der Anwesenden sahen ihm dabei mitfühlend zu, während andere wiederrum keinen Hehl aus ihrem Neid wegen der zwei blauen Cruzeironoten in Neis Hand machten. Einer der Angestellten kam gemächlich hinter dem Tresen hervor und half ihm auf die Füße und aus dem Schnellimbiss hinaus. O pequeno pretinho, wie Serginho Nei nannte, machte sich auf den Weg zu seinem Unterschlupf, wo er die nächsten Tage über seine Wunden leckte. Die meiste dieser Zeit verbrachte er am nahe gelegenen Strand. Das tägliche Baden und Schwimmen im Meer förderte den Heilungsprozess, so dass er in kürzester Zeit gänzlich wiederhergestellt war und ihm die Prellung, die er sich bei dem Unfall zugezogen hatte, keinerlei Hemmungen in der Bewegung verursachte.

Obwohl ihm die fertigen Speisen, die in den Bars und Lanchoneten angeboten wurden, besser schmeckten, ging er in den Supermarkt und kaufte dort billiger ein; jedoch aß er so mehr Obst, Brot, Linquica de porco und Ölsardinen. Die aus reinem Schweinefleisch hergestellten Würstchen spießte er auf einem fingerdicken, vorne zugespitztem Ast auf und bruzzelte sie über dem offenen Feuer. Ölsardinen waren hier in Pato Branco sehr billig zu haben, da die Stadt einen großen Fischereihafen und mehrere Konservenfabriken besaß, die ihre Sardinen in alle Welt exportierten. Somit reichten die 10 Cruzeiro Schmerzensgeld einige Tage zum Leben.

Wie alles Gute auf dieser Welt ein Ende hat, hatte auch dieses Luxusleben für Nei ein jähes Ende. Es blieb ihm nichts anderes übrig, als sich wie vorher in der Stadt herumzutreiben und zu schauen, ob er irgendwo ein paar Münzen auftreiben konnte. Er bot sich als Aushilfe für alles bei Geschäftsleuten, Kunden und gar als Schreiber im Jogo do Bicho an, doch ohne Erfolg. Alles, was er wollte, war ein paar Cruzeiros verdienen.

Nachdem er sich wieder seit ein paar Tagen in der Stadt herumtrieb, stieß er erneut auf Serginho – seinen gönnerhaften Freund -, der heute etwas mehr Zeit für ihn zu haben schien. Sie unterhielten sich, machten dabei jedoch keine großen Worte. Sie verstanden sich auch so. Irgendetwas in ihrem Inneren oder in ihrer Ausstrahlung, irgend etwas haftete an ihnen. Es war etwas Dämonisches. Wer beide kannte und ihnen in die Augen zu sehen vermochte, der konnte hin und wieder ein hartes, eiskaltes Blitzen in ihren Augen sehen.

Serginho war der Klügere von beiden, er liess seinen Mitmenschen das Recht zu glauben, sie hätten ihm gegenüber alle Freiheit der Welt, so konnte er seinen Gegenüber besser kennen- und einschätzen lernen. So gab es den einen oder anderen filho da puta, der - kaum hatte er Serginho kennengelernt – glaubte, diesen verarschen zu müssen. Sie alle machten große Augen und lange Gesichter, wenn sie das schwarze Mündungsloch seines 38-ers vor ihrem Gesicht erblickten, mit Sicherheit hörten sie den anschließenden Knall nicht mehr. Nicht immer, meistens aber klebten Hirn und Schädelsplitter an der Wand, vor der sie eben noch gesessen hatten, die mit Blut vermischt jetzt zäh zu Boden flossen. Wenn Serginho seine Waffe zog, dann benutzte er sie auch.

Wer in diesem Leben nicht auf der Hut war, der lebte nicht lange. Laut einer amtlichen Statistik sterben die meisten, die in diesem Millieu tätig sind, bevor sie das 20. Lebensjahr überschreiten. Ganz wenige nur schaffen es, ihren 30. Geburtstag zu feiern.
Serginho war unter den Drogendealern einer der wenigen, der eine gute Schulbildung hatte. Drüben, auf der anderen Seite der Guanabarabucht - dort in der Stadt

gab es welche, die hatten gar Hochschulabschluß. Er war zwar ohne Abschluß, aber immerhin sprach er drei Sprachen. Er konnte sich gut und über recht viele Dinge unterhalten, spielte - wann immer er konnte – Schach; Partien, die er zum Ärger seiner Kontrahenten meistens gewann.

Er liebte die Musik. Wie so viele seiner Landsleute schlug sein Herz höher, wenn er eine Gitarre in der Hand hielt und dann die traurigen Balladen aus dem Sertão, dem Pantanal oder der weiten grasbedeckten Campos des Südens sang; das Leben des Flußschiffers auf der Chalana, der den Rio Araguaia hinunter fährt und nie mehr zurückkehrt; oder über die anstrengende Arbeit des Boiadeiros, der hinter der Rinderherde her reitet; tagelang und wochenlang den roten Staub der brasilianischen Erde verschluckt, bis er und sie eins miteinander sind.

Solche Abende waren leider nicht häufig, aber sie kamen auch vor, dann war dieser blonde Junge in die Haut eines Menschen geschlüpft. Das tat er nur, wenn er von seinen wahren Freunden umgeben und sie weit draußen auf dem Lande waren.

Bald sollte auch Nei das kleine Stück Land weit draußen vor den Toren der Stadt kennen lernen, auf dem sich der jetzt so wortkarge Amigo hin und wieder zurückzog. Im Augenblick jedoch tasteten sich beide mit Blicken und mit Fragen ab. Die kurzen Antworten waren für beide ausreichend, sie benötigten keine großen Erklärungen. Beide spürten die Aufrichtigkeit im Gegenüber, das wohltuende Recht, offen zu sein. Es war das Glück, zu vertrauen. Keiner von beiden liebte den Verrat noch den Verräter. Serginho und Nei waren sich dem Charakter nach sehr ähnlich und damit schienen sie gut zueinander zu passen, was sich im Laufe der nächsten Jahre dann auch noch unter Beweis stellen sollte.

Bald gab Nei seinen Unterschlupf dort am Strand auf und zog in die Hütte, die sich Serginho mit Clara - einer 22-jährigen Prostituierten - und deren Vater teilte. Der alte Mann hatte auf einer Schiffswerft gearbeitet und bei einer Explosion eines Tanks das komplette Augenlicht verloren. Um den nun erwerbslosen Vater und die mittlerweile verstorbene Mutter zu ernähren, tat Clara. was einem Mädchen aus den unteren Bevölkerungsschichten übrig blieb. um ihre Eltern und sich zu ernähren. Denn nicht jedes Mädchen hatte das Glück einer Xuxa – einer Vera Fischer - oder einer Pünktchen, die zu den Ausnahmen der jungen erfolgreichen Frauen des Landes zählten.

Die Realität, die Schattenseite der Erfolge jedoch trifft man überall dort an, wo Männer ein billiges Abenteuer suchen. Auch Clara war niemandem von Rundfunk und Fernsehen aufgefallen und damit wie so viele andere Mädchen gezwungen, ihren Körper zu verkaufen; aber Nei lernte in ihr einen anständigen Menschen und Kameraden kennen. Ganz im Gegensatz zur landläufigen Meinung, jede Prostituierte sei eine Schlampe, zeigte sie, dass dies ein dummes Vorurteil war. Sie beide verstanden sich schon bald nach dem Kennenlernen wie Bruder und Schwester.

Von Serginho lernte Nei, wer wer ist im Geschäft; lernte die Regeln, die zu beachten waren; wer etwas zu sagen und wer wem zu gehorchen hatte. An der Seite seines Freundes, der trotz seiner jungen Jahre zeitweilig über eine Gruppe von etwa 20 Männern, Frauen und auch Kindern das Kommando hatte, machte Nei die ersten Schritte in seinem neuen Leben. Anfangs recht zaghaft, dann jedoch immer forscher im Auftreten.

Das Wohnviertel, in dem sie lebten - wenn man dieses so bezeichnen konnte -, war eine kleine Favela und nannte sich im Volksmund *burraco quente*, was soviel wie heißes Loch bedeutete. Hier hatte Serginho das Sagen. Er war von Dr. Ananias, dem Chef der Chefs, als dessen Vertreter hier eingesetzt worden.

Dieser Dr. Ananias war in einem Ort namens Campo Largo geboren worden, dort aufgewachsen, zur Schule gegangen, hatte sein Studium als Rechtsanwalt mit Bravour absolviert und war außerdem in der Kommunalpolitik tätig. Anfangs hatte es so ausgesehen, als würde sich sein Leben ohne große Höhen und Tiefen abspielen.

Er war ein kleiner Provinzanwalt bis zu dem Tag, an dem er das erste Mal einen ebenso kleinen und unscheinbaren Drogendealer vor Gericht vertrat. Damals war das Drogengeschäft noch nicht so organisiert wie heute. Auch war es lange nicht so gefährlich. Viele der Menschen wussten gar nicht, was eine Droge überhaupt war; und wenn, dann war es für den menschlichen Heilungsprozess eingesetzt oder als etwas Schädliches, den menschlichen Geist Aushöhlendes aus Asien bekannt. Opium aus China, der Türkei und aus Afghanistan, dann Heroin aus Europa und zum Schluß Kokain aus den Nachbarländern Brasiliens.

Auf alle Fälle hatten immer und überall außer den Italienern und den Franzosen hauptsächlich die Amerikaner die Finger im Spiel. Wenn die auf dem Markt befindlichen Mengen zu groß wurden und die Preise fielen, so trat das amerikanische FBN, später dann das amerikanische DEA auf den Plan. FBN – dahinter verbarg sich das weltweit agierende **F**edral **B**ureau of **N**arcotics und unter dem Kürzel DEA versteckte sich das **D**rug **E**nforcement **A**dministration. Diese beiden Organisationen sorgten dafür, dass die Preise stabil blieben; oft, indem sie offiziell dem Drogenhandel den Kampf ansagten und dann spektakuläe Vernichtungsaktionen durchführten oder den Markt mit Restbeständen aus eigenen Depots auffüllten. Sie finanzierten damit auch die vielen blutigen Militärrevolten im Lateinamerika der Nachkriegszeit.

Nun zurück zu unserer eigentlichen Geschichte.

Auf alle Fälle saß dieser kleine Drogendealer im Gefängnis und bat Dr. Ananias des öfteren um eine Gefälligkeit. Bei dieser besagten Gefälligkeit handelte es sich um einen Zettel mit einer geschriebene Nachricht, die an ein Bandenmitglied außerhalb der Gefängnismauern übergeben werden sollte. Dieser wiederum sandte über den Rechtsanwalt die entsprechenden Antworten an seinen Chef zurück ins Gefängnis. Dr. Ananias, ein Schlitzohr, las diese zu überbringenden Nachrichten und kannte bald den ganzen Aufbau der Organisation, ließ sich jedoch hiervon nichts anmerken. Er wusste, wer der Zulieferer der Drogen war, wie die Ware aus Europa ins Land und schließlich in die Stadt kam. Er wusste bald auch, wer die Ware verteilte und wo; lernte den Wert kennen und dann aus eigener Erfahrung, was guten vom schlechtem Stoff unterschied. Als dann - man könnte es wie einen Segen des Himmels nennen - sein Klient im Gefängnis der Polinter von seinen Mithäftlingen erdrosselt wurde, übernahm er – der Anwalt - die Führung der Bande. Es kam ihm jetzt zugute, dass er Politiker und Rechtsanwalt war und damit Immunität vor dem Gesetz hatte. Diese Vorrangstellung nutzte er kaltblütig aus, zwang alle Mitglieder der Bande, von nun an für ihn zu arbeiten. Für ihre Treue vertrat er sie im Falle einer Gerichtsverhandlung oder bei irgendwelchen Problemen mit den Behörden oder sorgte für deren Schutz und Wohl in den Gefängnissen.

Mit zwei ehemaligen Schulfreunden aus seiner Heimatstadt Campo Largo baute Dr. Ananias im Laufe von den nächsten Jahrzehnten eine riesige Organisation auf, zu der unter anderem das Drogengeschäft, das Jogo do bicho, mehrere Spielsalons mit Automaten, Billardtischen, aber auch mit Roulettetischen, verschiedenen Animierbars, ein bekannter Sportclub und auch eine Sambaschule mit Karnevalsverein gehörten. Im Laufe dieser Zeit war es oft zu kleineren oder auch größeren Machtkämpfen zwischen ihm und anderen Bandenchefs gekommen. Das jedenfalls war der Anfang einer blutigen Spur in der Geschichte der Kriminalität unserer Zeit.

Früher, da machte der Malandro die Umgebung unsicher. Er hatte einen Ehrenkodex, nach dem er lebte und handelte. Wer diesen verletzte, wurde umgehend an die Polizei ausgeliefert. So gehörte es zu diesem eisernen Gesetz, niemals in seiner eigenen Nachbarschaft zu agieren. Mord und Totschlag war unter ihnen verpönt. Dem Malandro ging es darum, sich zu perfektionieren; der absolut Beste, eben ein Meister, zu sein; sich ohne Gewalt zu nehmen, was er gerade brauchte. Er war ein perfekter Taschendieb, einer, der mit Worten und Geschichten die Menschen in seinen Bann zog und diese dazu brachte, ihr letztes Hemd, ja gar die letzte Hose für ihn auszuziehen Der von ihnen Geschädigte musste oft gar über die eigene Gutgläubigkeit lachen. Je meisterlicher, desto größer war ihr Ansehen untereinander; aber auch das, das ihnen die Gesellschaft zollte.

Diese Zeiten aber gehörten jetzt endgültig der Vergangenheit an. An die Stelle des Malandros, der im dunklen Nadelstreifenanzug, einer Nelke im Knopfloch, den Hut seitlich etwas schief in die Stirn gezogen, mit seinen weißen - dem wahren Erkennungsmerkmal -, auf Hochglanz polierten Schuhen bekleidet in den Ballsaal ging und sich heldenhaft an die überdimensionale Brust einer der Damen warf, die vom Aussehen her in der Lage und - von ihren Sehnsüchten getrieben - bereit war, ihm einen angenehmen Abend zu bereiten; dieser dezent parfümierte, exakt gescheitelte, sich einer Dame immer als Kavalier zeigende Mann, der allergrößten Wert auf seinen sauber gestutzten Oberlippenbart legte und dessen Hand ein goldener Ring mit einem schwarzen Stein zierte: dieser Mann, dieses Relikt aus vergangenen Tagen war am Aussterben, musste Platz machen für eine Generation von jungen Heißspornen. Er, der Malandro, war nichts mehr als Nostalgie. Diesem Typ eines Menschen wurde in Erzählungen, Filmen und Balladen ein Denkmal gesetzt, während als Hintergrundmusik das Rattern der Maschinenpistolen und das Bellen der Revolver der neuen Generation zu hören war und von Tag zu Tag lauter wurde. Sie aber hatten keinen Ehrenkodex, den sie pflegten, wie ihn die Malandros gepflegt hatten.

Aber das war noch vor der Zeit von Serginho und Nei gewesen. Für sie zählten nur die Toten. Sie beide gehörten schon zu der neuen, der dritten Generation, einer Generation mit verrohten Gefühlen. Die einen von ihnen enttäuscht vom Leben, die anderen von ihnen hatten nie dieses Gefühl von Geliebtwerden gespürt. Was konnte man von dieser Generation von Menschen schon erwarten – sie, die als vielversprechende Zukunft dieses Landes galt? Was für eine grausige Zukunft!

Was Nei jetzt in seinem neuen Leben am meisten Spaß machte, waren die ersten Schießübungen, die er unter Anleitung seines Freundes im nahe gelegenen Wald machte. Das erste Mal, dass er eine Waffe in der Hand hielt, das erste Mal überhaupt in seinem Leben. War das ein Gefühl! Es war das Gefühl von Stärke. Ja, jetzt erst schien er zu existieren, jetzt war er wer! Niemand, aber auch Niemand mehr, sollte ihn von oben herab behandeln. Die Zeit der Demütigungen war vorbei, für immer, so schwor er sich jetzt im Stillen.

Nei und Serginho, Serginho und Nei - die beiden waren auf dem Weg, unzertrennliche Freunde zu werden. Einer stand für den anderen ein. Was beide noch nicht ahnten, jedoch über Jahre andauern sollte, war diese Aufrichtigkeit, dieser Respekt , einer dem anderen gegenüber, was man in diesen Kreisen höchst selten findet. Die Treue zwischen zwei Jungen schon, die sie als Erwachsene hielten, bis der Tod sie beendete. Hätten beide wohl einen anderen Lauf des Lebens erfahren, mit Sicherheit wäre aus ihnen nicht das geworden, was dann doch letztendlich aus ihnen wurde!

Serginho führte die Gruppe nach den Vorstellungen von Dr. Ananias, sein direkter Ansprechpartner war Senhor Satonini - ein Brasilianer, dessen Eltern aus Sizilien eingewandert waren. Dieser Herr Satonini hatte allem Anschein nach Beziehungen in die Alte Welt, aus der das Kokain und das Heroin ins Land kamen. Er wusste, wann, wo und wieviel davon ankam. Schiffe, die mit Fracht aus Europa kamen und nicht im Hafen von Victoria oder Rio unter den Augen des Zolls ausluden, fuhren an der Küste entlang nach Santos, Paranaqua oder Porto Alegre und die Besatzung warf das Schmuggelgut an genau festgelegter Stelle über Bord, wo es von einheimischen Fischern aus dem Meer gefischt wurde. Von dort aus kam es dann in die Großstadt, wo es unter den Dro-

genbaronen aufgeteilt und von den Mulas - den Last-
eseln - an die Chefs der Pontos gebracht und dort von
den Gaviaões an den Kunden verkauft wurde. Überwacht
und abgesichert wurde das ganze von den sogenannten
Soldados und den Olheiros.

Wie funktionierte das mit dem eigentlichen Drogenhandel? Man muss sich das so vorstellen: Ein meist ärmli-
cher Stadtteil, der sich oft an einem der vielen Hänge des
starkhügeligen Geländes Rio de Janeiro´s hochzieht.
Viele der Bewohner arbeiten drunten in der ferneren Gegend der Stadt. Diese ersten Nordestinos wurden von der
Regierung auf LKW´s und in Bussen in den damals reichen Süden gekarrt, um das soziale Pulverfass in ihrer
ehemaligen Heimat zu entschärfen. Nach einer abenteu-
erlichen Fahrt, einige tausend Kilometer weiter südlich,
fanden sich diese in einer der Großstädte vor dem Nichts
wieder. Man hatte ihnen alles mögliche erzählt: ein
Schlaraffenland, ein Paradies warte auf sie! Die bewalde-
ten Hügel und die weiten Campos draußen vor den Städten wurden ihnen dann zur neuen Heimat. Keine Strassen, kein Wasser, keine Abwasserkanäle, keine Schulen
– nichts! Nur ein paar Wellblechhütten, so fing alles an.
Die Mehrheit dieser Leute kommen auch heute noch aus
dem armen Norden und werden durch bereits früher zu-
gezogene Familienangehörige empfangen und unterstützt. Sie sind alle froh, wenn sie in irgendeinem Hotel
oder einem der unzähligen Restaurants dort Arbeit finden. Der Unterschied zwischen ihnen und den anderen
Einwohnern ist der, dass sie billiger und genügsamer
sind. Sie arbeiten für die Hälfte des Lohnes, daher ist ihre
Arbeitskraft sehr gefragt. Daneben gibt es die, die keiner
festen Arbeit nachgehen, sondern von der Hand in den
Mund leben. Sie sind die, die das Geschäft mit dem Pul-

ver, wie man hier sagt, betreiben. Kommt der Kunde an einen der Parkplätze unten am Asphalt gefahren und hält an, geht einer der dort herumstehenden Erwachsenen auf ihn zu und fragt so beiläufig, was er – der Fremde – wolle? Wünscht er Stoff, so kommt bald auf ein Zeichen hin ein minderjähriger Junge oder ein minderjähriges Mädchen an sein Auto und fragt nach dem konkreten Wunsch des Kunden und entfernt sich dann, um nach einer gewissen Zeit abermals zu erscheinen. Je nach bestellter Menge zahlt der Kunde den geforderten Preis an das Kind und dieses verschwindet dann wieder in der Favela, um nach einer gewissen Zeit zu erscheinen; dieses Mal mit der Ware in der Hand. Die Ware ist mit einem Gütesiegel versehen, mit dem der Chef des hiesigen Pontos reine Ware garantiert. Dieses Gütezeichen bestätigt dem Kunden, mit wem er das Geschäft gemacht hat und den Reinheitsgrad des Kokains, Heroins oder was da sonst geliefert wird.

Wie Nei bald feststellen sollte, war dieser Job ein recht harter Lebensabschnitt, in den er von nun an getreten war, hier durfte man sich keinerlei Blöße geben. Kein weiches Gemüt zeigen, sondern knallhart durchsetzen, was angeordnet wurde. Da durfte man sich auch nicht auf einen Freund verlassen, denn hatte man Mist gebaut, war derjenige, der einen Fehler begangen hatte, auch der, der dafür geradestehen musste. Jeder bekam drei Chancen. Die dritte war zugleich die Letzte. Danach kam nur noch die erlösende Kugel. Hatte man wie er einen Freund, so war es gut, diese Freundschaft zu pflegen und alles zu tun, damit dieser nie gezwungen war, die Schusswaffe gegen den eigenen Freund heben zu müssen. Denn wenn der Befehl kam, gab es kein Entrinnen, auch zählte keine Freundschaft mehr. Man durfte nicht einmal den Befehl verweigern, wenn es darum ging, den eigenen Bruder zu exekutieren. Wer es dennoch tat, der starb gemeinsam mit dem zum Tode Verurteilten. Wie hart und unnachsichtig gegen jegliche Nachlässigkeit vorgegangen wurde, sah Nei gleich in den ersten Tagen, die er von Serginho eingearbeitet wurde.

Es war zu mehreren Übernahmeversuchen gekommen, die jedesmal nur mit erheblichen Mühen abgewehrt werden konnten. Der letzte Angriff war nur mit Mühe und Not zu verhindern gewesen und hatte Dr. Ananias besonders verärgert; denn – so meinte er - wäre dies alles nur auf die Disziplinlosigkeit zurückzuführen, die sich unter den Leuten breitgemacht hätte. Von nun an verlangte er von seinem Stammpersonal härtere Maßnahmen, um das Geschäft laufen zu lassen und es sicherer gegen außen hin zu machen.

Als sich beide auf einem Kontrollgang befanden und an die Stelle kamen, an der ein Olheiro seinen Beobachtungsposten bezogen hatte und dafür verantwortlich war, dass bei Annäherung von Fremden oder gar von der Polizei entsprechende Alarmzeichen gegeben wurden, um das Geschäft, aber auch die Kunden zu warnen, saß der besagte Mann im Schlaf versunken am Boden. Er hatte wohl eine ausschweifende Nacht hinter sich, denn trotz der von Serginho angedrohten harten Bestrafung für denjenigen, der *faz pipi fora do pinigo* – das heißt wörtlich übersetz*t der neben den Nachttopf pinkelt* –, saß er da und träumte. Serginho drehte den Oberkörper halb zu Nei gewandt, der seitlich hinter ihm ging, spitzte die Lippen und deutete mit dem Zeigefinger an, sich still zu verhalten. Als sie dann bis auf wenige Schritte herangekommen waren, zog der Bandenchef seine Pistole Kaliber 22;

und gleich nach dem Klicken des Sicherungshebels unterbrach der trockene Knall der Explosion der Treibladung den schönen Traum, in dem sich der jetzt Getroffene befunden hatte und erschreckt in die Höhe fahren wollte. Er kam jedoch nur bis zur halben Höhe, dann spürte er den stechenden Schmerz in seinem Knie. Sein eben noch überraschter, ärgerlicher Blick wich jetzt einem ängstlichen Ausdruck, der gleichzeitig etwas Flehendes an sich hatte. Er sackte mit einem schmerzlichen Aufseufzer zu Boden zurück. Seine Hände umschlangen das blutige Knie, in dem sich jetzt ein Loch befand, ein zukünftiges Warnsignal. Als der Mann jetzt den Schmerz verspürte und zu jammern anfing, zischte Serginho ihm mit warnend-bösem Blick zu, das Maul zu halten, und richtete die Waffe auf dessen Stirn. Dem Olheiro war damit klar, dass es besser war, den Jammerlaut herunterzuschlucken, wollte er den heutigen Tag nicht zu seinem letzten machen. Ihm - der schon länger in diesem Geschäft war - musste doch klar gewesen sein, was ihm bei auch nur der kleinsten Nachlässigkeit geschehen würde; somit war es eigentlich unverständlich, mit welcher Leichtsinnigkeit viele ihr Leben aufs Spiel setzten. Da saß er nun mit schmerzverzerrtem Gesicht und musste den erlösenden Schrei herunterschlucken. Mit dieser Schußwunde kamen aber auch noch andere Probleme auf ihn zu. Für die nächste Zeit war er mal aus dem Geschäft. Wenn man bedenkt, dass ein in diesem Geschäftsbereich tätiger junger Mensch im Durchschnitt das Vielfache von dem Lohn eines normalen Arbeiters verdient, so kann man sich auch unschwer vorstellen, wie hart ihn der jetzige Verdienstausfall treffen würde. Blieb es ja nicht nur dabei, sondern die laufenden Unkosten liefen weiter. Hoch zu Buche schlugen die sogenannten *cala bocca!* - Schmiergelder, die meist an Polizeibeamte bezahlt werden mussten -, dann eigene Lebenskosten und meist auch noch die für die gesamte Familie, obendrein kamen jetzt auch noch Arzt und Medikamentkosten hinzu. Aber auch Serginho musste gegenüber diesem Menschen von nun an doppelt vorsichtig sein. Denn damit hatte er sich keinen neuen Freund geschaffen. Ganz im Gegenteil!

So hart also sollte es werden. Das war kein Zuckerlekken, auf das er sich hier einließ. Das also war das berühmte *mit einem Bein im Grabe stehen*! Das war der wahre Kampf ums nackte Leben! Wer hier verlor, der hatte auf der ganzen Linie verloren. Aber Nei hatte nicht vor, zu verlieren. Er war gekommen, um zu gewinnen!

Angefangen hatte er damit, dass er mal schnell eine Nachricht überbrachte, dann ein Päckchen auslieferte oder eines von irgendwoher holte und an seinen Freund überbrachte. Was er nicht mit Sicherheit wusste, ihm jedoch klar war, handelte es sich um Tests. Niemand würde einem dahergelaufenen, wohnsitzlosen, 12 Jahre alten Jungen solche Werte, die da gehandelt wurden, so mir nichts, dir nichts anvertrauen. Nei jedoch nahm seine Aufträge sehr ernst, auch wenn es sich dem Anschein nach nur um Unwesentliches handelte. Wenn er nicht an einem von Serginho festgelegtem Punkt aus als Olheiro eingesetzt war, trieb er sich herum oder er schaute bei den anderen Bandenmitgliedern vorbei.

Am liebsten war ihm - wie auch den meisten anderen, ob männlich oder weiblich -, wenn der Auftrag lautete, als Sinaleiro auf einem erhöhten Punkt - meist einem flachen Hausdach - Posten zu beziehen und einen bestimmten Drachen steigen zu lassen. Es handelte sich um einen genau festgelegten, mit den Kunden vorher abgesprochenen Drachen. Dieser Drachen war das Zeichen für die Kunden, dass eine neue Lieferung von Drogen eingegangen und der Verkauf eröffnet war. Hierbei befand er sich so richtig in seinem Element, das machte ihm Spaß; besonders, wenn er im Wettstreit mit seinem Drachen die der anderen vom Himmel holte. Hierzu zerschlug er eine Flasche oder ein Trinkglas, zerrieb das Material zu einer Art Glasgrieß und klebte dieses dann mit Reisstärke oder Mehlpapp an die Schnur.

Dann, eines Tages, war es soweit: Nei hatte seinen Test bestanden und bekam einen Revolver Kaliber 32 von Serginho ausgehändigt. Ganze zwei Tage später schon konnte er seine erworbenen Fähigkeiten als Schütze unter Beweis stellen.

Als hätte Serginho schon gewusst, dass ein Auftrag ins Haus stand, ein Auftrag von oben. Es handelte sich um die Liquidierung eines Angestellten im Jogo do Bicho, der durch Betrug und Aneignung von Wettgeldern, Nichtauszahlung von Gewinnen dem Dr. Ananias und dessen Unternehmen großen Schaden angerichtet hatte. Hierfür gab es nur eine Strafe: das war die Höchststrafe. Diese durchzuführen, sollte in der Hand von Serginho, Nei und einem gewissen Renato liegen. Letzterer fuhr das Fahrzeug, mit dem sie nach Patata fuhren und sich dort nach dem Mann erkundigten, der diesen Tag nicht überleben sollte.

Es handelte sich um einen ärmlich wirkenden Vorort: einfache, ältere Häuser; kleine Geschäfte, die allesamt einen Teil ihrer Waren vor den Läden auf den Gehwegen anboten. Im Augenblick der Ankunft des Trios aus Pato

Branco jedoch lagen die Straßen des Ortes menschenleer im heißen Schein der Mittagssonne.

Nach kurzem Suchen wurde dieser Bicheiro auch gefunden. Er saß auf einem Hocker am Eingang einer Quitanda im Schatten des Hauses. Er war alleine, was die Dinge ungemein erleichterte. Als der Blonde und der kleinere Schwarze auf ihn zukamen, ahnte der Mann noch nicht, dass er in wenigen Minuten tot am Boden liegen und sein Blut über den Asphalt in den Rinnstein laufen sollte. Einer von ihnen stand links seitlich, der andere rechts seitlich vor ihm; und als der sitzende Mann zu Serginho hochsah und glaubte, einen Kunden vor sich zu haben, schaute er in ein schwarzes Loch, aus dem ihm ein heller Blitz entgegenschlug. Dass er fast im gleichen Moment - nur Bruchteile von Sekunden später - auch von der anderen Seite unter Feuer genommen wurde, nahm er nicht mehr wahr. Er schlug dumpf auf dem Asphalt auf und war wohl schon tot, als er dort zu liegen kam.

Beide Schützen zogen sich schnell, jedoch nicht überhastet zurück; stiegen in das Fahrzeug, in dem Renato saß und mit laufendem Motor auf sie wartete, und fuhren nach Pato Branco zurück, wo Serginho die Erledigung des Auftrages an Senhor Satonini meldete.

Nei hatte seine Ganoven- und Feuertaufe bestanden, auch wenn er danach im Auto sitzend leicht zitterte. Es war dem Nachlassen der körperlichen Anspannung zuzuschreiben, unter der er gestanden hatte; deswegen verspürte er jedoch keinerlei Schuldgefühle, wenn er an das Opfer - den liquidierten Bicheiro - dachte. Irgendwie hatte er sich das Ganze schwerer vorgestellt, es war doch recht einfach gewesen, zumal er sich einreden konnte, er hätte ja nur einem Gauner gegenüber im Recht gehandelt.

Was aber einen ganz besonderen Eindruck in ihm hinterlassen hatte, war das Gefühl dieser Macht: Macht über Leben und Tod. Und es wuchs damit in ihm der Wunsch nach Vergeltung - Vergeltung für all die Schmerzen, die ihm zugefügt worden waren von den Straßenjungs dort in der Nähe der Küstenstellung der Marine.

Er hatte, wie man landläufig sagt, Blut geleckt. Für ihn gab es jetzt kein Zurück mehr. Im Laufe der nächsten Wochen verschwand er immer wieder mal für ein paar Stunden und wenn er dann zurückkam, wirkte er zufrieden mit sich selbst. Was er da so während seiner Abwesenheit trieb, stand Tags darauf im Jornal do Povo, der viel gelesenen Volkszeitung. Ja, und bei jedem Bericht war dann auch gleich ein Foto dabei - eines der übelsten Sorte, so mit allem drum und dran. Wenn man beim Lesen einer anderen Zeitung aufpassen musste, sich die Hände nicht mit Druckerschwärze zu verschmieren, musste man beim Jornal do Povo darauf achten, sich die Hände nicht mit Blut zu verschmieren. Die Fotoreporter dieser Zeitung machten keine Aufnahme unkenntlich, auch keine Details. Sie bemühten sich, dem Leser reinen Wein einzuschenken. Wer einen schwachen Magen hatte und diese Lektüre zum Morgenkaffee erwischte, der brauchte keinerlei Nahrung für den Rest des Tages. Das hatte sich ergeben und sich der Leser mit Sicherheit übergeben. Hoffentlich erreichte er noch die Toilettenschüssel und kotzte nicht mitten auf den Wohnzimmerteppich.

Nei holte sich einen nach dem anderen vor die Mündung seines Revolvers. Der erste von ihnen wäre ihm fast entwischt, als er ihn gestellt hatte. Es ging alles so schnell. Kaum stand Nei mit der Waffe vor ihm und fuchtelte mit dieser vor dem Gesicht des Kerls herum, als dieser sich jedoch hiervon nicht einschüchtern ließ, sondern trotz der Waffe auf Nei zustürzte und an ihm vorbei zu flüchten versuchte. Als der Cabra sich nach einem kurzen Handgemenge seitlich an Nei vorbeizwängen wollte, drückte er auf den Abzug und dieser für einen Schuss so typische Knall unterbrach das Geschehen. Der Kerl sackte vor ihm auf die Knie, riss seine Augen auf, schaute noch einmal nach oben – so, als wolle er das letzte Mal den Himmel über sich sehen -, dann fiel er vornüber und schlug mit einem tönernen Laut mit dem Schädel auf dem Boden auf. In seiner Brust klaffte eine offene Wunde, aus der der sogenannte Lebenssaft in einem roten Strom in den Strassenstaub lief und dort langsam versickerte.

So aber hatte er es sich nicht vorgestellt! Sie alle sollten, bevor sie in den Himmel kamen, hier auf der Erde büßen! Daher stellte er seine Taktik nach sorgfältigem Überlegen um. Er sprach den zum Tod Geweihten nicht mehr an, sondern ging auf diesen zu; und kurz bevor er auf ihn stieß, zog er die Waffe und feuerte aus einer Entfernung von 2, maximal 3 m auf die Knie des Sujeito. Damit war ein Entrinnen nicht mehr möglich. Wer in beiden Kniescheiben ein Loch hatte, der blieb dort liegen oder sitzen, wo er sich gerade befand; und das war dann auch der Ort, an dem ihn dann der Rabecao - der Leichenwagen – abholte. um ihn ins Instituto Medico legal zu bringen, wo man seinen Tod und die Art seines Ablebens feststellte und seine Beerdigung in einem der Gräber ohne Name veranlaßte.

Nei hatte seinem neuen Freund mit keinem Wort erzählt, was er in den Stunden seiner Abwesenheit tat; aber das war auch nicht so wichtig, pfiffen es die Andorinhas - die Schwalben - doch schon von den Dächern. Da jedes Mal am Tag danach von einem Revolver Kaliber 32 die Rede war, kam Serginho eines Nachmittags mit einem Revolver Kaliber 38 und tauschte diesen gegen Neis Waffe aus und sagte nichts weiter als *espero que isso nao vai ser uma Guerra eterna!* Mit der Hoffnung, dass es sich hier nicht um einen ewigen Krieg handeln würde, war alles gesagt, was gesagt werden musste. Kein Wort darüber sollte mehr gesprochen werden.

Noch gab es keine Einmischung von oben. Später dann – Jahre danach - durfte nur noch der ein Todesurteil vollstrecken, der einen ausdrücklichen Auftrag dafür hatte, so war es zwischen den Drogenbaronen der Stadt ausgemacht worden. Wer sich nicht daran hielt, konnte sich gleich den eigenen Sarg mitbestellen. Aber noch war es nicht so weit. Es kam jeden Tag zu mehreren Hinrichtungen in dieser Stadt. Dieses ewige Abschlachten war den ganzen geschäftstreibenden Menschen in dieser Stadt nicht dienlich. Zu viele kleine und kleinste Machtkämpfe, da kamen Leute aus anderen Städten, aus anderen Regionen, sogar aus dem Ausland und wollten ein Stück von dem großen Kuchen. Alle kamen und ballerten herum. Sie verunsicherten damit nur die Kunden und riefen die Polizei auf den Plan. Nicht, dass die Polizei das ewige Morden verhinderte. Nein, sie bereicherte sich nur noch mehr.

Da kam zum Beispiel einer als Urlauber aus Frankreich, wohnte irgendwo in Untermiete bei einer Einheimischen, schmierte jeden Tag Brötchen - auf die er Kaviar, Crevetten und Lachsschnitten drapierte - und verkaufte diese Dinger an Insider für einen Traumpreis. Er bekam sogar eine Gratiswerbung im Fernsehen, weil man von seiner Geschäftsidee begeistert war. Nach ein paar Wochen aber las man im Polizeibericht der Tagesblätter, dass er seine Heimat nie wiedersehen sollte, denn er war von konkurrierenden Drogenhändlern bis fast zur Unkenntlichkeit er- beziehungsweise zerschossen worden.

Ja, wenn diese Jungs einen Hass auf jemanden hatten, dann hatte im Anschluss der Gerichtsmediziner im Instituto Medico Legal viel zu tun. Da sah der Schädel aus, als wäre er zwischen 2 Zahnräder gekommen, so zerfetzt war er, auch der Rest des Körpers sah nicht besser aus. Es war durchaus keine Seltenheit, wenn ein solcher Infeliz, der da auf dem blanken Messingtisch lag, 60, 70 oder mehr Einschusslöcher aufwies.

Die einen wurden erschossen, andere wieder wurden verbrannt oder man warf sie kurzerhand in den Sumpf. Der Ruf der Stadt unter den alljährlich in Massen herbeiströmenden Touristen schien ins Bodenlose zu versinken. Die Angst breitete sich aus. Zuerst unter den Einwohnern, von denen viele Familien unschuldige Opfer zu beklagen hatten; dann auch unter den Urlaubern, die aus der ganzen Welt herbeikamen, um hier ein paar genüssliche Ferientage zu verbringen, dann jedoch am Strand oder auf den breiten Avenidas von irgendwelchen Favelados oder Gente da Rua ausgeraubt wurden. Es waren meist zwei, drei Frauen auf Männer angesetzt. Sie suchten sich Einzelpersonen, die leicht als Touristen zu erkennen waren; eine – meist die hübscheste der Frauen – sprach den Ausgesuchten an, flirtete ein wenig mit ihm; schaute, ob er eine Geldbörse hatte und in welcher Gesäßtasche sich diese befand. Dann wechselte sie auf die entsprechende Seite und griff nach der Hand des zukünftigen Opfers. Das war das Zeichen fü die zweite Frau, die jetzt genau wusste, wo sie zugreifen musste und näher kam. Jetzt bekam der Mann von der rassigen Frau einen Kuß auf die Wange und ein tiefes Augenzwinkern zugeworfen und da er schon immer von einem heißen Abenteuer mit einer Mulata geträumt hatte, verlor er die Umwelt ganz aus den Augen. Das war der entscheidende Moment. Die eben noch so zarte, liebvolle Bekanntschaft hielt das Opfer mit beiden Händen umklammert, drückte ihm einen ihm fast den Atem raubenden Kuß auf den Mund, während die zweite Frau die Geldbörse aus der

Hosentasche fischte und der so Bestohlene im ersten Moment gar nicht merkte, wie ihm geschehen. Das Diebesgut befand sich dann in dem Decolté der wie rein zufällig vorbeigehenden dritten Frau.

Dass die Urlauber immer häufiger das Ziel dieser Menschen wurde, das war dann wohl doch zuviel. Jetzt musste etwas unternommen werden. Die Hotel- und Restaurantbesitzer, die Taxibetreiber, das Flughafenpersonal, die Juweliere und Andenkenhändler: alle, die direkt oder indirekt mit dem Tourismus ihr Geld verdienten, übten Kritik am Zustand, in dem sich die Städte, im besonderen aber auch die ganze Region befand.

Die Politik hatte noch nie etwas Positives zustande gebracht, auch dieses Mal sollte es nicht anders werden. Das Militär war gerade nach so vielen Jahren der Diktatur in die Kasernen zurück, die Polizisten reklamierten, für diesen Bandenkriege unterbezahlt, darüberhinaus auch noch schlecht ausgerüstet zu sein. Und so überließ man es der Unterwelt, mit diesen Problemen fertig zu werden, nach dem Motto *Ihr habt die Suppe eingebrockt, jetzt dürft ihr diese auch selbst auslöffeln*, ging man an die Sache heran.

Sie hatten Handlungsfreiheit. Offiziell war die Todesstrafe zwar verbannt und abgeschafft, inoffiziell aber drückte man ein Auge zu. So konnten die Chefs der Chefs in Ruhe das ganze Drogenkartell der Stadt organisieren und die einzelnen Bezirke unter sich aufteilen. Dies geschah nicht nur hier in Pato Branco oder der Region. Nein! Das geschah im ganzen Land so. Es war wohl die einzige Möglichkeit, die Situation in den Griff zu bekommen, nachdem sie ins Uferlose ausgeglitten war.

Wer sich dieser Neuordnung nicht unterwarf, der verschwand auf Nimmerwiedersehen irgendwo auf einer der vielen Fazendas im Mato Grosso oder in Goias. Dort im Interrior, da fielen solche Besucher, die kamen und ohne sich mit den Einheimischen abzugeben, wieder verschwanden, gar niemandem auf. Wohin sie verschwanden? Na, da gab es mehrere Möglichkeiten. Da gab es zum Beispiel irgendwo auf einer Fazenda einen großen Behälter, über diesem hing an einem Holzbalken ein Flaschenzug; und in dem Behälter, der nur bis etwa zur Hälfte gefüllt war, befand sich eine ätzende Lauge. Wenn dieser Behälter nicht gerade für das entsprechende gebraucht wurde, war er mit Brettern abgedeckt und fiel keinem als ein solch grässliches Mordinstrument auf. Das allerdings war nur eine Möglichkeit. Eine andere, einen nicht erwünschten Besucher loszuwerden, war die, ihn in mundgerechten Happen an die Jacarés - die Krokodile - zu verfüttern. Und wenn diese gerade keinen Appetit hatten, dann waren da ja noch die Piranhas. Auch konnte man den Kadaver zu Schweinefutter verarbeiten, solche gab es auf den Mastbetrieben genug und das Futter für sie war ja zur Zeit auch nicht gerade billig.

Die Anzahl der Presuntos - der Schinken, wie die Getöteten im Volksmund hießen - nahm drastisch ab – zumindest die, die man sehen und zählen konnte. Die Esquadrão da Morte - die Todesschwadron - und die Gruppe Homens da mão branca - dabei handelte es sich fast ausschließlich um Polizisten, die, enttäuscht von der laschen Justiz, das Gesetz selbst in die Hand nahmen, ohne Rücksicht auf den Tourismus zu nehmen - waren gewissen Leuten ein Dorn im Auge. Sie hielten sich nicht an die Abmachungen. Für jeden im Dienst getöteten Kameraden schworen sie zigfache Rache. Außerdem gehörte es zu ihrer Taktik, die Cabras - die Ziegenböcke, wie sie genannt wurden - öffentlich als abschreckendes Beispiel zur Schau zu stellen. Damit handelten sie jedoch gegen das Bestreben des organisierten Narkotrafigo und der allgemeinen Politik, Ruhe und Ordnung in die Angelegenheit zu bringen. Nachdem die zu keinem Einlenken zu bewegenden Anführer dieser Gruppen ausgeschaltet waren, wurden die anderen Mitglieder in den vorzeitigen Ruhestand oder gar strafversetzt.

Es war eine blutige Epoche. Überall tauchten Einzelne oder auch kleinere Gruppen auf, die sich ein Stück des Kuchens aneignen wollten. Das waren alles Utopisten, die ihren Traum von der Macht und dem schnellen Geld mit dem Leben bezahlen mussten.

Nun zurück zum direkten Geschehen in den Straßen von Pato Branco. Nei saß im Schatten einer Mauer auf einem Treppenabsatz und beobachtete den Verkehr und die Bewegungen der Fußgänger. Serginho hatte ihn zu diesem Dienst eingeteilt. Es war ein herrlicher, ruhiger Vormittag. Nei hatte den selbstgebauten Käfig mit seinem Kanarienvogel mitgenommen und auf die Mauer gestellt, damit der kleine Piepmatz ein wenig von dem Gefühl der Freiheit mitbekam, in dem die frei herumfliegenden Vögel lebten. Viele brasilianische Männer und Jungen besaßen einen meist selber gebauten Käfig, in dem sie einen oder gar zwei Vögel hielten. Auch die eine oder andere Frau eiferte diesem Hobby nach. So war es keine Besonderheit, wenn sich in einem Park oder auf einem Stadtplatz, wo sich Menschen versammelten, auch überall diese Käfige befanden und sich die Eigentümer gegenseitig ihre kleinen Lieblinge vorstellten, dabei mit einem gewissen Stolz ins Schwärmen kamen.

Der Junge bemerkte nicht, wie sich jemand von hinten näherte. Eine schwere Hand legte sich auf seine Schulter und erschrocken fuhr er herum und schaute nach oben, um zu erkennen, wem die Hand gehörte. Vor dem hellen Licht der Sonne, das ihn blendete, konnte er nur eine dunkle Gestalt erkennen und automatisch fuhr seine Hand zu dem Revolver, den er im Hosenbund platziert hatte; dabei presste er die Augen zu schmalen Schlitzen zusammen, um sie vor der grellen Sonne zu schützen. *Calma, calma*!, hörte er jetzt eine Stimme beschwichtigend zu ihm sagen. *Ruhig, Ruhig*! wiederholte der Sprecher. An seiner Statur hatte Nei ihn nicht erkannt, aber an seiner Stimme; seiner ruhigen, wohltuenden Stimme. Ein Glücksgefühl, so wie er es schon lange nicht mehr gespürt hatte, durchzog seinen Körper und hinterließ ein Prickeln auf seiner Haut.

Oi, Pai!, stieß der überrascht und doch zugleich freudig hervor. *Meu filho!,* kam es mit belegter Stimme zurück und dann lagen sich beide in den Armen, der Vater und sein verlorener Sohn. Dann setzten sich beide auf den Treppenabsatz und Senhor Ronaldo erzählte von daheim, wie sehr sich alle Sorgen um ihn gemacht hatten; dass sich Dona Mathilde - seine Mutter - all die Monate nach seinem Verschwinden Sorgen gemacht hatte seinetwegen; aber auch unter dem Gefühl der Last litt, ihm nie die Wahrheit gesagt zu haben. Jede freie Minute wurde nach ihm gesucht, aber er sei wie vom Erdboden verschluckt gewesen. Niemand hatte irgendwelche Angaben machen können. Sie hatten den ganzen Wald dort droben hinter dem Steinbruch abgesucht, Meter für Meter, weil sie geglaubt hätten, er wäre vielleicht von einer Wildkatze oder Schlange angegriffen worden und läge verletzt dort oben. Aber alles war ohne Erfolg. Jeden, den sie trafen, hatten sie nach seinem Verbleib gefragt, aber immer mit der selben negativen Antwort; weiter nach ihm geforscht. Aber heute, so meinte der Vater, hätte er ihn doch endlich gefunden und er drückte den Jungen an sich. Nei konnte spüren, wie ehrlich es sein Vater meinte.

Wie aus dem Nichts tauchte Serginho jetzt bei beiden auf. Wohl hatte ihm ein anderer Olheiro die Anwesenheit eines Fremden gemeldet und jetzt war er gekommen, um zu sehen, was da los war. Einen langen, prüfenden Blick auf den hageren, schon älteren Mann werfend kam er zu seinem Freund heran und fragte - dabei mit dem Kopf auf Senhor Ronaldo deutend - kurz und scharf: *Tudo bem?* Nei stellte seinen Vater vor und er konnte es nicht verheimlichen, wie stolz und zugleich froh er war, ihn wie- dergesehen zu haben. Als sich der alte Mann von seinem Sohn verabschiedete, sagte er wie zu sich selbst: *Da wird sich Mutter aber freuen zu hören, dass es dir gut geht.* Dann ließ er die beiden stehen, ging über die Stras- se; und als er die andere Straßenseite erreicht hatte, blieb er wieder stehen – so, als hätte er noch etwas Wichtiges vergessen -, drehte sich noch einmal herum und rief Nei zu, er würde mit seinen Jungs am Wochen- ende fischen gehen. Vielleicht - so meinte er - hätte Nei Lust, sich am Ausflug zu beteiligen. Ohne die Antwort ab- zuwarten, verschwand er in der Menschenmenge. Ser- ginho, der die Freude und die Veränderung in seinem kleinen Freund wahrnahm, meinte zustimmend: *Ja, dein Vater hat recht; du solltest mal ein paar Tage ausspan- nen, das mit dem Fischen ist keine schlechte Idee.*

War das eine Freude, die ihm da entgegenschlug, als er am späten Freitagabend in das kleine geduckte Haus seiner Eltern und Geschwister trat. Seine Mutter drückte ihn an sich und es liefen ihr die Freudentränen die Wangen herab, danach rannte sie in die Küche, stellte sich an den Herd und machte das Lieblingsessen: außer Reis und Bohnen diese köstliche Farofa mit ausgelassenem Speck, Zwiebelwürfeln, Paprikawürfeln, untergezogenem Rührei und dann frische gehackte Petersilie und natürlich das Wichtigste: a farinha de mandioca - das Maniokmehl. Außerdem gab es Aipim frito. Das sind geschälte, gekochte und in Öl ausgebackene Maniokstücke.

In der Zwischenzeit war Nei von allen Familienangehörigen willkommen geheißen worden, sogar der Toni hatte sich hereingeschlichen und sprang an Nei hoch und wedelte überschwänglich mit seinem Schwanz, bis ihm der Junge über den Kopf strich; dann mußte er wieder aus dem Haus, zurück an seinen Platz.

Nach dem Essen ging Nei durch das kleine Haus und stellte fest, dass sich nichts verändert hatte; alles war noch so wie zu seiner Zeit, nur aus dem Ferkel war ein fettes Schwein geworden, das schon lange hätte geschlachtet werden sollen und eine der Hennen hatte einen Schwarm junger piepsender Küken im Schlepptau.

Die nächsten Tage gingen schnell vorbei, zu schnell, ganz zum Leid aller. Wie angekündigt zogen Senhor Ronaldo, die Brüder und er am Samstagmorgen Richtung Guanabarabucht zum Sirifischen. Sie waren sehr früh aufgebrochen, denn der Weg bis hinaus ans Meer war recht lang; und um dort hinzukommen, mussten sie durch ein sich weithin erstreckendes Sumpfgebiet laufen. Es hatte etwas Geheimnisvolles an sich, besonders wenn man hier im Morgengrauen unterwegs war.

Heute hatte Nei keine Angst mehr, steckte doch in seinem Hosenbund sein 38er. Ihm war nicht entgangen, wie seine Geschwister dies mit Befremden und Entsetzen zur Kenntnis nahmen. Nur Vater und Mutter sagten keinen Ton und taten so, als wäre es das Normalste der Welt, wenn ein 13-jähriger mit einer Schusswaffe herumlief. Eigentlich waren sie fromme Kirchgänger und entschiedene Gegner von Gewalt. Nei konnte sich also im Stillen ein Bild davon machen, wie es im Innern seiner Eltern aussehen musste, zu sehen, wie eines ihrer Kinder das Gegenteil von dem lebte, was ihrer Auffassung nach richtig war.

Jetzt aber dachte er daran, wie er noch vor Jahren mit dem Vater und den Brüdern zum ersten Mal hier hindurchlief und seine kleine Hand die seines Vaters umklammert hielt, vor Angst bei jedem Geräusch zusammenzuckte. Da gab es glucksende, blubbernde Geräusche - hervorgerufen durch aufsteigende Gase, aufgeschreckte Kleintiere und Vögel, die sich aus dem wirren Geäst in die Lüfte erhoben oder sich zu verstecken suchten.

Damals dachte er an die Geschichten, die sich die Erwachsenen erzählten. Laut dieser Berichte waren hier schon aus Europa angelandete portugiesische Seefahrer im Sumpf untergegangen, weil sie - vom festen Weg abgekommen - durch das Gewicht ihrer schweren Rüstungen in diese warme, brodelnde, schwablige Masse gezogen wurden. Später kamen dann die Opfer der verschiedenen Epochen hinzu. Indios, die man - auf Holzkreuze gebunden - in den Sumpf trieb, weil sie das Christentum nicht akzeptierten und nicht für die Neuankömmlinge arbeiten wollten; afrikanische Sklaven, die von der Fazenda geflohen waren und hier ein rettendes Versteck suchten; politisch Andersdenkende in der Zeit der Gründung der Republik; besonders Kaisertreue dann während der Zeit, als die Faschisten unter Vargas den Kommunisten unter Prestes den Arsch aufrissen, damit die Reichen weiterhin reich und die Armen weiterhin arm sein durften. Ein paar Jahre später dann, als die Armen noch einmal gegen ihr von den Reichen bestimmtes Schicksal aufbegehrten, fanden hier die Nächsten ihre letzte Ruhestätte. Erst als sich dann das Militär nach einer völlig desaströsen Amtszeit in die Kasernen zurückzog, übernahmen die Drogenbarone im Wechsel mit der Polizei dieses immense Beerdigungsinstitut, in dem es keine Grabsteine und Blumengebinde gab, die an menschliche Schicksale erinnern sollten. Zu diesen unheimlichen Geschichten kam dann noch dieser modrige Gestank, ein Gemisch von Brackwasser und faulenden organischen Stoffen, der diese ganze Gegend durchzog.

Der Strand, der sich an dieses natürliche Biotop anschloß und im Volksmund Praia da Luz genannt wurde, war das Ziel der kleinen Männerschar, die sich einige dünne Äste von herumstehenden Bäumen abbrach, diese unter Wasser einseitig im Sand vergruben und an deren anderen Ende mit einem Stück Schnur ein etwa 2 - 3 cm langes Stück Hühnergedärm als Köder festband. Jetzt mußte man nur noch warten, bis die hungrigen, von dem Köder angelockten Krebse anbissen. Vorsicht! Wenn man nicht gezwickt werden wollte, den Krebs nur von hinten an der Schale fassen und dann in den mitgebrachten Jutesack werfen. Wenn man Glück hatte, waren so in wenigen Stunden 10 oder auch 15 kg Krabben gefischt.

Zu Hause angekommen warf sie Mutter dann in kochendes Wasser, dann gab es die nächsten 2 Tage Siri zu essen. Das war eine Delikatesse. Die ganze Familie saß draußen unter dem Jabuticababaum und pulte das Fleisch aus den Scheren und aus den Panzern, so wie dieses Mal wieder nach so langer Zeit. Normalerweise nahmen auch Freunde und Nachbarn am Siri-Essen teil, doch dieses Mal wollten sie unter sich – im Kreise der Familie – bleiben. Es war eine Art von Hochstimmung unter ihnen zu spüren – Freude, wieder beisammen zu sein, die keine Grenzen zu kennen schien. Noch sollte sie für einige Tage anhalten, dann jedoch einer Art Depression weichen, denn das Wort Trauer traf hier nicht zu; dieses Wort war zu simpel, um die Niedergeschlagenheit zu umschreiben, in der sich alle Familienangehörigen befanden, als Nei ihnen eröffnete, dass er in sein neues Leben zurückkehren wolle. Er habe es genossen, wieder bei ihnen und unter ihnen gewesen zu sein, aber seine Zukunft? Nein! Seine Zukunft, die lag da draußen auf den Straßen von Pato Barnco. Er würde sie nie vergessen, so versprach er. Sie waren seine Familie, da konnten sie sicher sein! Aber hier: nein! Hier wollte er nicht bleiben!

Keiner sprach ein Wort, als sie ihn durch die Plantagen zur Bushaltestelle brachten. Hier und jetzt wurde der Traum, die Familie wieder zu vereinen, endgültig begraben. Der kleine Bruder hatte sich klipp und klar dafür entschieden, dort im Drogenmilieu ein kurzes, aber finanziell gutes Leben zu verbringen.

Hier stand ihm ein langes, hartes, recht arbeitsames Leben bevor: den ganzen Tag Backsteine schleppen, Sand schippen, Zementmasse anrühren, Baugerüst zusammennageln und dann die Scheiße in Eimern dort hoch tragen, ob es regnete oder ob die Sonne schien, bei jedem Wetter den ganzen Tag lang von morgens früh bis abends spät. Das alles für einen Hungerlohn und dabei lief er auch noch Gefahr, vom Bauherrn angeschissen zu werden, weil es diesem zu langsam voranging.

Nein, danke! Das alles wollte er sich ersparen. So zu leben wie sein Vater, der es in seinen ganzen Jahren zu nichts weiter gebracht hatte als zu einer schäbigen, kleinen Hütte ohne auch nur einer Glasscheibe in einem der Fenster und einer aus ein paar Brettern zusammengezimmerten Tür. Ihm tat der Vater Leid, der versucht hatte, ihn davon zu überzeugen, dass er ruhiger schlafen könne, wenn er sich für ein sogenanntes anständiges Leben entschied. Ach, armer anständiger Mann!

Da draußen stand er nun, zusammengesunken wie ein Häuflein Elend; umringt von Mutter und den Geschwistern, die dem Reisenden lange zuwinkten, als er mit dem Bus davonfuhr. Das sollte das letzte Mal gewesen sein, dass er die ganze Familie gemeinsam angetroffen hatte.

Mit den Worten *Ich dachte schon, du kommst gar nicht mehr zurück* begrüßte ihn Serginho zufrieden lächelnd, als der Urlauber durch die Tür der kleinen Behausung seines Freundes und dessen Lebensgefährtin Clara trat. Es wurde ihm ein herzlicher Empfang bereitet. Diese Herzlichkeit, die unter ihnen so eigentümlich war; so eine Art Freude, noch am Leben zu sein.

Sie waren eine Art Geisterarmee, Zombies, Todgeweihte, die bis jetzt noch nicht tot waren, aber jeden Moment tot umfallen konnten. Meistens begegneten sie der Kugel, die sie von dieser Welt in die andere bringen sollte, auf der Straße; dort, wo sich auch der Großteil ihres Lebens abspielte. Dann lagen sie oft stundenlang in ihrem eigenen Blut dort auf dem heißen Asphalt, regungslos; eingehüllt von einem dichten Schwarm von Schmeißfliegen und umgeben von Schaulustigen, unter denen sich so mancher befand, der auch nicht viel älter werden sollte. Wenn dann in der heißen Mittagssonne dieser penetrante Gestank von getrocknetem, jetzt in der Hitze gerinnendem Menschenblut und der Leichenausdünstung die Umgebungsluft schwängerte und es die ohnehin schon genervten Anwohner gar nicht mehr in ihren vier Wänden oder den Büros bei geschlossenem Fenster aushielten, kam endlich der Leichenwagen.

Schlimm war es, wenn es sich bei den herumliegenden Opfern um Männer und Frauen handelte; aber noch schlimmer war es zu verkraften, wenn man da auf dem Boden einen Körper liegen sah, der einem Kind gehört hatte; ein Mensch, der nicht einmal das Recht gehabt hatte, erwachsen zu werden. Ein Kind, das obendrein nicht einmal das Recht gehabt hatte, Kind zu sein.

Ja! Das war das Leben, für das sich Nei entschieden hatte.

Während Serginho die Führung der Geschäfte im Bereich Drogen und Glücksspiel im Burraco Quente im Sinne von Dr. Ananias übernahm, sorgte Nei für Ruhe und Ordnung. Diese Aufgabe war eine sehr wichtige, genau so wichtige und nicht zu unterschätzende Aufgabe wie die Beschaffungs-, Transport- und Verkaufstätigkeit.

Im Laufe der Zeit hatte sich Nei nun alle seine Peiniger aus den Anfangstagen vor die Mündung seines 38ers geholt, einen nach dem anderen. Keinen hatte er vergessen. Niemand von ihnen sollte dieses Treffen überleben.

Irgendwann dann kam es zu einem von Senhor Satonini angeordneten Einsatz, der für Nei recht schwere Folgen haben sollte. Serginho, Nei und noch ein dritter Mann fuhren in aller Frühe los. Unterwegs erfuhr Nei von seinem Freund, dass es in die alte Heimat ging. Senhor Joel sollte liquidiert werden, er hatte sich mit Dr. Ananias überworfen. Irgendwelche Geschäfte hinter dem Rücken des Chefs gemacht. Ja! Der glaubte, weil er ehemaliger Polizist war, musste er sich nicht an die Regeln halten. Das war jedoch ein Trugschluss, wie er bald merken sollte.

Wie gesagt war es früher Morgen, die ersten Hähne krähten übers Land und die Sonne schickte einzelne noch schummrige Strahlen über die weit sichtbaren Zuckerrohrplantagen, als die drei Ankömmlinge in die Hauptstraße einbogen und sich vor dem Minimercado als auch vor der Piroschca von Senhor Joel abwartend niederließen.

Sie wollten die ersten Kunden sein und ihn überraschen. Was ihnen auch gelang.

Senhor Joel kam noch verschlafen aus seinem Haus, schloß den Mercado auf und schob die Brötchen in den Gasbackofen, damit er seine frühe Kundschaft mit frischen Backwaren bedienen konnte. Verwundert schaute er auf die doch recht früh in den Laden hereinströmenden Gestalten. So früh hatte sich bisher noch nie jemand gezeigt. Er hatte noch den Zeigefinger in der Nase und versuchte einen dicken, widerspenstigen Brocken - der ihn augenscheinlich störte - daraus hervorzuhebeln, als er unter den Hereinkommenden seinen ehemaligen Nachbarjungen wiedererkannte.

Oi, Nei!, das waren dann auch seine letzten Worte. Der gurgelnde Laut ging in dem Tak-Tak-Tak der explodierenden Geschosse im Patronenlager unter. Er war wohl schon tot, als er auf dem Boden aufschlug und dort in einer sich schnell sammelnden Blutlache liegen blieb. Die vielen Einschläge hatten ihm die eine Gesichtshälfte herausgerissen. Es war ein makaberes Bild, wie er jetzt da lag und sie mit dem einen noch vorhandenen, aus dem Gesicht hervorquellenden, glanzlosen Auge anstarrte.

Sie verschwanden - so glaubten sie zumindest - so unerkannt, wie sie gekommen waren, und ließen den von etwa 30 Pistolen- und Revolverkugeln zerfetzten Familienvater auf dem Betonboden seines Geschäftes zurück. Als sie gleich darauf den Steg erreicht hatten, hörten sie den traurig-leidvollen Aufschrei von Joel´s Frau, der Mutter seiner Kinder.

Fortsetzung folgt in Teil 2

Folgende Personen bzw. Firmen haben zur Realisierung dieses Buches beigetragen:

Churrascaria Steakhaus
Brasil Tropical
Collinistr. 5
68161 Mannheim
Tel. 0621 – 1 22 55 96

Brasil-Shop 24.de
Cassia Cristina Teixeira – Rauchholz
Peter-Gieser-Str. 8
68723 Oftersheim
Tel. 06202-5 74 56 34
www.brasil-events-cultural.de

Elite-Hotel
Bunsenstr. 15
69115 Heidelberg
06221-2 57 34

City-Hotel Mannheim
Am Hauptbahnhof
Tattersallstr. 20 – 24
68165 Mannheim
Tel. 0621-40 80 00

Druckservice Hohmann DSH
B 1, 7 A
68159 Mannheim
Tel. 0621-3 36 52 01
Fax 0621-8 62 43 55
www.druckservice-hohmann.de
mail@druckservice-hohmann.de

Writing and more
Marion Maier
Carl-Wurster-Platz 2
67063 Ludwigshafen
Tel. 0172-7 83 24 40
www.writing-and-more.eu
management@writing-and-more.eu

Hildegard und Jürgen Schramm
Augsburg

Stefan Greulich
68161 Mannheim

Karl-Heinz Scheid
68161 Mannheim

Karen Christina De Moraes Schramm
68369 Mannheim

HIER KÖNNTE AUCH DEIN NAME STEHEN!